# 家日和

いえびより

奥田英朗

劉姿君—譯

# 目錄

# 晴天

サニーデイ

1

因為家裡用不到摺疊式野餐桌，所以決定上網拍賣掉。

四十二歲的山本紀子有兩個孩子，但小的上了國中之後，全家出遊的機會便少之又少，這個夏天甚至哪裡都沒去。國三的由佳忙著準備考高中，國一的祐平全心放在籃球社的社團活動上。將來大概也不會有一家和樂融融的旅行了。孩子們已各自擁有自己的天地，家族的全盛期結束了。

紀子先翻閱電話簿打電話向舊貨商詢問，但因出價低得離譜，讓她氣得作罷。「形同全新的五百元，有污損的就不值錢。」聽到對方愛理不理地這麼說，紀子覺得對方簡直是侮辱人。掛電話前，對方似乎看透了她的心思，甚至還說：「很佔地方吧？妳要想，我們這是不收錢，免費幫妳處理。」開什麼玩笑！這可是價值一萬多元的舶來品，怎麼能跟大賣場賣的便宜貨相提並論。

接著去當地的資源回收中心看，但負責人員一副賣人情給她的態度，所以紀子也立刻打消主意。對方強調自己是義工，還以環保為題對紀子說起教來。

她也想過乾脆送人算了，送給家裡有小朋友的附近鄰居，他們應該會很高興。可是她不認識這樣的人家。若不夠熟識，要把東西送人不是件容易的事，再說，紀子也不願意白白送人，而是希望對方能夠多少付個兩、三千也好。因為這筆錢是不勞而獲的所得，她才捨得隨便花，像是去飯店吃個蛋糕，或是到站前做個腳底按摩也好。

她打電話給住在另一區的妹妹商量，妹妹的建議是放在網路上拍賣。她說得滿不在乎：「很簡單啊！而且是賣給不認識的人，事後也不會有麻煩。」打開電腦逛逛網站，原來如此，還真是什麼都賣。紀子也決定一試，要是順利的話，搞不好能把家裡種種不要的東西處理掉。

她依指示登錄會員，立刻將野餐桌拿去拍賣。照片是在附近公園拍的。一個人去拍很丟臉，所以她要祐平作陪，叛逆期的兒子不情不願，嫌「麻煩死了」。

但是，兒子終究看不過母親笨拙地操作數位相機，出手幫忙，順便還教她如何上傳到畫面上。同樣的事情她一問再問，被兒子嫌麻煩。望著輕鬆自如地操作電腦的祐平，紀子深切感受到時代變了，以前為操作錄影機而手忙腳亂的母親，正是現在的自己。時代的主流已轉移到孩子們身上。

底價設定為一千日幣，運費另計。其實她本想設定為底價五倍的價錢，但怕惹人反感，才決定設低一些，國內快捷包裹的郵資外加。拍賣期間為期一週，有這麼長的一段時間，應該會有不少人看到吧！說明的內容如下：

「高爾曼出品的野餐桌，五年前以一萬四千七百元購得。僅使用過十幾次，沒有傷痕，也沒有凹陷。鋁製，質輕（十二公斤）。尺寸供四名大人圍坐綽綽有餘。」

對哦，原來才用過十幾次啊！其實這種東西就是這樣，就算買的時候再興奮，也不會一天到晚去野餐、露營。家裡一定還有很多沒用夠本的東西。

她把拍賣用的暱稱取名為「晴天」，因為感覺清清爽爽的，而且看不出性別比較好。

她鼓起了好大的勇氣才按下送出鍵，按了就不能回頭了。但願不會有什麼麻煩，但願是好人得標——紀子在心中祈禱。無論什麼事，第一次都令人緊張不已。

拍賣的最初三天毫無反應。沒有任何人下標，下標人數欄唯有一小段冷冷清清的橫線。那心境，就像在教學參觀時眼睜睜看著只有自己的孩子沒舉手的情景。

與此同時，紀子也為野餐桌拍賣品之多感到驚訝，而且幾乎都是全新的。這是怎麼回事？問丈夫清志，他懶懶地答：「應該是業者吧！」看樣子，有不少業者賤價收購倒閉零售店的商品，在網路上出售。

哦，原來如此——紀子立刻洩氣了。對於當了十五年家庭主婦的紀子而言，這個社會已然是個弱肉強食的世界，令人卻步。

但也不是沒有希望。其他野餐桌的最低價格都在五千元以上，紀子的東西以千元起標，若不介意那是二手貨，在價錢方面可是最便宜的。

或許是價格有說服力，第四天出現了首位出價者。畫面上人數欄裡「1」這個數字燦然生輝，紀子忍不住大呼萬歲。雖然出的價是小氣的一千兩百五十元，仍令紀子興奮不已。

而且第二天，數字變成了「2」，有新的出價者來競標了。紀子高興得簡直就像為自己找到買主一樣。

「喏喏喏，有兩個人競標耶！」她攔住剛好經過的由佳說。

「啊？什麼？」由佳打開冰箱，正在喝果汁。聽了紀子的解釋，看看電腦畫面，一句「才一千五而已嘛」，一副沒放在眼裡的樣子，便到二樓去了。

無情的臭女兒。她嘆了一口氣。

但母女就是這麼一回事，自己在十幾歲的青少女時代，也覺得父母煩得要命。

因為出價者不只一個，於是紀子有事沒事便打開電腦的拍賣網頁來看，這已成為她日常生活中的小樂趣。也許是低價策略奏效，出價者越來越多，金額也跟著水漲船高。拍賣結束前一天，共有五個人競標，最高出價是兩千兩百五十元。由於還要另加運費，所以金額繼續追加的可能性不高，但現在已不再是錢的問題了，而是有人競標的情形令人很高興。

到了最後一天晚間十一點的結標時間，山本家的野餐桌拍賣出去了。結標金額為兩千五百元，得標者的暱稱很可愛，叫「南瓜1號」。紀子猜對方是女性，沒來由地感到安心，因為對同性比較不用提防。

當晚，她發了一封電子郵件，以「恭喜得標」做為問候，通知對方自己的姓名住址、轉帳帳號以及不同地區的郵資。這時她也很緊張，因為是要把個人資料告訴一個從未謀面的陌生人。但願不會出問題——紀子雙手合十祈禱。不過網拍畢竟有幾十萬、幾百萬人在用，一定很少出錯吧！

第二天，送丈夫和孩子們出門後，紀子戰戰兢兢地打開電腦，收到了一封陌生女子的來信，心情不由得亢奮起來。從主旨「我是得標者」看來，是買野餐桌的人來的信。

「您好。我是這次標得野餐桌的××，謝謝您如此迅速地聯絡。今天我已透過網路銀行將費用及運費共三千八百元匯入您指定的帳號，敬請確認。」

啊！太好了。紀子緊繃的肩膀放鬆下來。對方是個懂事的成年女性，看得出她很有禮貌，簡潔而制式的信件內容也令人心安。要是文句隨便或故作親暱，也許反而會使人有所警戒。

對方住在新潟，距離遠反而安心，和陌生人還是保持距離的好。

紀子立刻騎腳踏車趕到車站前的銀行，利用ＡＴＭ查帳。錢匯進去了，她動作好迅速呀！自己也想有所回應。

紀子連忙回家，著手包裝野餐桌。由於沒有箱子，她用一粒一粒的（不知道叫什麼）塑膠布包了好幾層，再以布膠帶仔細黏好，還附了一封道謝信。然後手提著重達十二公斤的東西走到附近的郵局，以國內快捷的方式寄出。國內快捷會通知物件是否送達，可以放心交遞。這樣明天對方應該就可以收到了。

手續全部辦完之後，大感輕鬆愉快，心裡泛起一股充實感。她靠一己之力順利完成了第一次的網拍，感覺自己相隔多年之後，再一次和社會有所接觸。

回家時她繞了點路，到一家口碑很好的蛋糕店，買了五個平常會遲疑不敢下手的高級蛋糕，把兩千五百元分毫不差地用掉。由於是額外所得，所以不會捨不得。

回到家泡了紅茶，吃了一個栗子蛋糕，剩下的決定晚餐後全家一起吃。孩子們一定會很高興吧！

栗子泥好吃到心坎裡，紀子覺得好幸福。

第二天中午，收到拍賣網站的管理系統寄來的一封信，主旨是「拍賣評價」。一打開，內容如下：

「南瓜1號給您『非常好』的評價。期待您下次再利用。」

同時附上了得標者的評語：

「晴天是位非常好的賣家。轉帳的第二天東西就寄到了，動作迅速，非常感謝。東西也沒有問題。謝謝您。」

紀子高興得想跳起來。到底有多少年沒有聽到別人稱讚了？自己才想向對方道謝呢！再看一次拍賣程序，好像規定買賣雙方都要給對方評價，評價會在網站上公開，以供使用者參考。她立刻也寫下評價：

「南瓜1號是位非常好的買家，匯款迅速，似乎很熟悉網拍。由於我是第一次上網拍賣，非常緊張，由一位好買家得標，真教人高興。謝謝您。」

點了「非常好」的按鍵之後便關掉電腦，將身體深深靠在椅子裡，舉起雙手伸個懶腰。紀子覺得自己發現了一個好東西，腦海裡想著接下來要賣什麼。下午來整理置物間和壁櫃吧！家裡一定還有很多不需要的東西。這可是個一家四口生活了七年多的家呢！

## 2

網拍第二回合要賣的是健康器材——直立式伸展架。這東西放在主臥室的角落，雖然還不至於擋路，但紀子覺得會破壞裝潢氣氛。詢問丈夫，結果他持反對意見說：「何必賣？偶爾去吊一吊，伸展伸展背肌很舒服啊！」

「你最近什麼時候用過？」紀子問。

「……上個月吧！」

決定予以駁回。

紀子本身偶爾也會用。這台器材可以舒緩肩膀痠痛，她也曾視為至寶，但現在想賣的心情更勝一籌。

本來應該是拆解之後再運送的，但說明書早就遺失了，便決定直接賣。

「直立式伸展健康器材，四年前以八千元左右購得，一直置於室內，沒有任何損傷髒污。最適合有肩頸痠痛問題的人。尺寸……」

文章雖短，但她好久沒有寫作文了，覺得自己彷彿成了廣告文案。順利完成一篇文章畢竟令人高興。

體積大，郵資相對也較高，因此她將價格壓低。反正她的目的不是錢，便定了很可親的五百元。

結果一推出，立刻有好幾個人出價，而且大受歡迎，第三天便已超過十人競標。

「喏喏喏，這是怎麼回事？」她逮住來到廚房的由佳問。

「我哪知道啊！」結果受到冷漠的對待。

受歡迎的原因，在看過網站上其他類似的拍賣品後可以推測出來。最近的伸展架都包含腹肌訓練台等附加功能，器材體積因而增大，全新商品的價格隨便都超過一萬元。紀子拍賣的器材只有伸展功能，這份單純如今反而珍貴。

商品受歡迎就好像自己受歡迎似的。有人搶著要的滋味只有在當小姐的時候稍稍嘗過，結婚之後便無緣了。現在她連吸進身體的空氣都備感舒暢。

最後伸展架以三千元結標。售價比野餐桌高，所以算是非常成功。得標者是神奈川的女性。紀子認為會想要這類商品的人，一定是個中年主婦。

確認過匯款之後，便立刻請郵局的人來，因為東西太大，一個女人家搬不動。年輕的郵局人員很客氣地來收貨。郵政民營化值得大力支持。

東西送達時，網站管理公司寄信來了。紀子的評價和上次一樣「非常好」。對方的評語是：「我一直在找以前那種功能簡單的伸展用健康器材，好高興能找到。晴天，謝謝您，我會好好愛惜使用的。」

胸口發熱。有人感謝自己是多麼美妙的一件事啊！當然，她也給了對方「非常好」的評價，並且在評語中道謝。在同一片天空下，一定有個和她相似的中年女子正在電腦前開心不已。

紀子拿賺得的三千元來買書。這幾年都沒買書，想看的書大多是上圖書館借的。這附近的主婦都這麼做。

她選了兩本小說，是在雜誌上看過散文、還滿喜歡的作家的作品。把書放在結帳櫃檯時，她感到有些驕傲，刻意對周圍散發出「我可是看這種書的人呢！」的氛圍。

小說本身只是還算有趣而已，但令人愉快的是正在閱讀的自己。她再一次認為這才叫寬裕悠哉的生活。

那麼，接下來要賣……紀子的視線一邊追逐著印刷文字，心裡一邊思考著這些。

第一次發現，是為了參加家長會而坐在鏡子前化妝的時候——眼睛下方的一條皺紋消失了。她不禁感到意外，凝神細看，真的沒有看錯。

今年出現的那一條皺紋和之前的不同，是很深的那一種。紀子為此深感憂鬱，再次意識到四十二歲這個年齡，為時光催人老感到一絲淒涼。而那條皺紋竟然消失了。

這種事可能嗎？皺紋自然消失？從來沒聽過。

她懷著難以置信的心情盯著鏡子看。想起這幾天肌膚好像比較吃妝，粉底一在臉上勻開，就好像被肌膚吸進去一樣服貼。便秘也沒了，每天早上都很順暢。這在這幾年算是相當難得的。

無論如何，皺紋減少是求之不得的事……不，豈止如此，她甚至想拿擴音器到處廣播。此刻她正拚命忍住想歡聲大叫的衝動。

今天的外出頓時成為令人高興的一件事。她把長褲換成窄裙，化妝也用心多了，還噴了香水。

踏出家門走在路上，背脊自然挺直，看著自己映在商店櫥窗裡的身影看得出神。好久沒有這樣了。真是的，就為了區區一條皺紋——內心一角還有個冷靜的自己在苦笑。

到了國中的體育館，與相識的媽媽們打招呼。忍不住觀察彼此的服裝儀容是女性同胞們的習性。家庭主婦外出的機會實在不多，因此即使是參加個家長會也會乘機打扮。

紀子覺得自己勝出，因為肌膚豐潤有彈性，非外在修飾可比。

同班一個愛裝年輕出名的媽媽以驚訝的神色看著紀子。紀子知道她注意到自己了。一個同年且感情不錯的媽媽則是問她：「咦？妳換髮型了？」

「沒有啊！跟平常一樣。」紀子從容回答。

「我想也是，可是總覺得妳和平常不太一樣……看起來比較年輕哦！呵呵。」

「謝謝！」紀子像年輕女學生似的抱緊對方。

她非常確定自己神采飛揚。

平常在家長會上，她都只是默默聽著各種報告而已，今天第一次發問。手不由自主地便舉了起來。

「請問學校在安全措施方面有具體的因應做法嗎？最近歹徒入侵校園的事件頻傳，這一點實在教我們做父母的擔心……」

自己邊說也邊感到驚訝。老師們的表情頓時認真起來，緊張地承認現況不夠周全，承諾立刻檢討。頓時，四周看紀子的眼神都變了。自信真是驚人啊！紀子事不干己地想著。

家長會一結束，會長便以親近的態度對她說：

「山本太太，如果妳方便的話，願不願意當下一期的委員？大家都婉拒了。」

「哪裡哪裡，我不夠格啦！」

她連忙搖手推辭，但其實有些心動。搬到這裡來之後，這還是第一次有男性委託她辦事。

第三回合的拍賣一直找不到適當的東西。不用的物品很多，但紀子覺得賣不值錢的東西有點厚臉皮，所以不願意這麼做。

祐平的滑板車……不行吧！全新的也不到五千元，而且這年頭的小孩也不玩那個了。

由佳穿不下的毛衣……這個也很窮酸，如果是名牌也就罷了，那卻是在大賣場買的特價品。

她邊想邊在家裡四處找。既然要拿出來拍賣，最好是大家搶著要的東西。要是沒有人想要，那種感覺一定很悽慘。

從樓梯底下的儲物櫃裡找出了丈夫的吉他，裝在黑色硬盒裡，上面刻著

「YAMAHA」的商標。那是清志三十歲左右時，未經紀子同意就買下的東西。

「到樂器行一逛，覺得好懷念，一時衝動就買了。」記得丈夫是這麼說的。他辯稱是二手貨，所以她才不追究。剛買的時候，清志還會彈著吉他，荒腔走板地唱著老鷹合唱團的歌，但這幾年應該都沒碰過。記憶中，自從買了這個房子，丈夫抱這把吉他的模樣便不復見。都已經七年多了。

乾脆瞞著老公賣掉好了——紀子內心泛起一股負面的情緒。如果問清志，他一定不會同意的，一定會自顧自說什麼「那可是充滿了回憶」。

好，就這麼辦，反正不說他也不會知道。那是國產品，貴不到哪裡去的，而且樂器一定有人會買。想學吉他的人很多，這種人一開始都會找二手的便宜貨。

她立刻以數位相機拍了幾張照片。吉他洞內貼著一張貼紙，所以也拍下來了。上面印的是「FG-180」，一定是型號。

「生產年代不明的 YAMAHA FG-180 木吉他。已經七年多沒有用過，但琴身沒有凹陷，也沒有損傷。附硬盒。想開始學吉他的朋友不妨考慮考慮。」

簡介寫好了。那麼，定價該定多少呢？看看樂器網頁，木吉他大多是五千元左右。

紀子從五百元起跳。說中古實在也夠舊了，不能要求太多。一開始拍賣，當天就有好幾個人出價，價格一下子就超過五千元。

「不會吧！」紀子驚聲說，原來吉他這麼受歡迎啊！不過稍微想想就明白了。像小提琴或鋼琴這類木製樂器，就算使用多年價值也不會降低。名樂器越舊反而越值錢，原來吉他也屬於這一類。

心情立刻變得好極了。五千元可以吃好多好吃的東西，約妹妹到飯店奢侈地吃個午餐也不錯。

她若無其事地面對清志。

「喏，你不覺得我變了嗎？」她坐在獨自吃著遲來的晚餐的清志面前問。

丈夫抬起頭。「幹嘛？妳瘦了一公斤還是怎樣？」真是不解風情。

「我才不會因為這點小事就問你。」她嘆了一口氣。「我跟你說，家長會上有人說我看起來很年輕呢！」

「女人真好，只要互誇幾句就高興了。」清志嘲弄般笑了起來，下巴整個都凸了出來。

紀子不想再跟他說下去了，這時候祐平從二樓下來。

「小祐，有人叫媽媽當家長會的委員呢！」

「噢。」

兒子連正眼也沒瞧她一眼，打開冰箱喝著果汁。

「啊，對了，下次你們籃球社的新人賽，媽媽去看，好不好？」

「不行。」祐平立時拒絕。

「為什麼？一年級的不是也可以上場嗎？」

「隊友的爸媽都不會去，如果只有妳跑去，那太丟臉了。」

兒子突然臉色一沉，走出廚房。

不管是面對妻子還是母親，他們一點都不關心，只當作一個理所當然會出現在那裡的人。

拍賣的吉他三天就超過兩萬日幣了，出價的有二十人。紀子看著電腦畫面皺眉，困惑大於高興。吉他這種東西，只要一萬元就買得到全新的了。

在不安的驅使之下，她上網路搜尋「YAMAHA FG-180」，出現了一百多項搜尋結果。其中有個「古董吉他名鑑」的網站，她點了進去。

「YAMAHA FG-180為第一把國產民謠吉他，開啟了日本的民謠時代，深受職業與業餘者喜愛。當時售價為一萬八千元，自一九六六至一九七〇年代生產了約五千把。」

紀子捂住眼睛。竟然是把有名的吉他，而且還是第一把國產的。我們家儲物櫃裡怎麼會有這麼有價值的東西？

只不過，市場行情大約三萬多元，這讓紀子安心多了。看來大家多少還有點理智。三萬元的話，罪惡感也不會太強。

向清志老實招認吧！丈夫也有錯，誰教他東西放了七年都不碰。

然而，她還沒算好招供的時機，清志就突然出差去了，要到日本西部三天。而剛好拍賣期限到了，吉他以四萬兩千元結標。

「鄉下地方很少看到古董吉他，能夠標到真的很幸運。從照片看來，商品狀態非常好，而且還附了寶貴的原廠外盒，好感動。晴天，謝謝您。」

得標者是一位住在秋田的中年男子。原來如此，是原廠外盒提升了價值。真搞不懂迷這些東西的人。紀子決定看開，萬一丈夫發現吉他不見了，就以「不知道」否認到底。

得標者給了「非常好」的評價。在事後追寄的郵件中也表示商品的狀態良好。

「東西平安送到了。音色棒極了！用久了之後一定會更好。讓我再一次謝謝您。」

眼前彷彿可以看到中年男子像孩子一樣興奮的情景。對方句子裡用的驚嘆號讓紀子也跟著感動起來。太好了，他很高興，總覺得自己好像成了泰瑞莎修女似的。

因為有了一筆不小的意外收入，她和妹妹相約到東京都心的飯店來一趟「一日SPA之旅」。中午吃法國菜，洗三溫暖，接受細心舒適的油壓按摩，在點了芳香精油的房間裡，躺在SPA椅上睡午覺。結婚以來，第一次如此享受。

紀子細細品味著這份幸福。

## 3

「山本太太，妳最近是不是有做什麼新的嘗試啊？」

町內會回收廢紙的時候，附近的主婦這麼問。她從剛才就不時偷瞄紀子，一副按捺不住好奇的模樣，於是跑過來問。

「妳是指？」

「像是上健身房啊，開始新的美容方式之類的。」

「沒有啊！」紀子嘟起嘴回答，「什麼都沒做。每天做家事都來不及了。」

「是哦？可是妳皮膚好光滑哦！」主婦毫不客氣地摸紀子的臉頰。「新陳代謝好才會這樣。妳有在運動，對不對？」

「沒有啊！」紀子苦笑。

「那是做 SPA？」

「SPA 哦，上次我去飯店做了油壓按摩。」

「就是那個了。跟我講是哪裡啦！」

看她認真的模樣，紀子忍不住覺得好笑。哪可能？才做過那麼一次而已。

但是，紀子開心得好想跳起來。就算家人沒注意到，還是有人看得出來。

回到家，她盯著鏡子仔細打量。肌膚的確飽滿有彈性，臉頰整個都往上拉提了。這不是她的錯覺，她真的變年輕了。

紀子尋思原因。除了飯店的 SPA 之外，她並沒有刻意做什麼。之前的皺紋也是自行消失的。如果一定要找個理由，就是她迷上網拍之後，找到了新的樂趣。

她邊用雙手按摩臉頰邊想，這不是不可能的。人家都說女明星會因為在意別人的眼光而變美，只要一點小小的心靈滋潤，女人就能七十二變。自己或許是因為網拍得標者「非常好」的感謝而產生了自信，重返青春。

既然這樣，就要繼續拍賣。紀子開始物色起家裡的東西。

不用的包包、不穿的衣服、因為電池沒電而丟在一旁的手錶……不行，如果是名牌還說得過去，但這些都是名不見經傳的東西，應該在跳蚤市場裡處理掉的。

乾脆來賣家具好了。搬到這個家時，多買了兩張客用的餐椅，卻從來沒用過，現在還閒置在組裝式簡易倉庫裡。雖然是便宜貨，但跟全新的一樣，一定有人會需要吧！紅色的椅墊也很可愛。

好，就是這個了。紀子立刻拍照，上網拍賣。

「七年前購置的木製椅子，幾乎沒有用過，閒置在置物間，所以跟全新的一樣。當初買進的價格是一張五千元左右，尺寸是……」

現在寫簡介已是信手拈來，也明白誠實才能贏得信賴，華麗的詞藻反而會令人心生警戒。

價格從一對一千元起跳，目標是四千元。這個價錢可以在平日中午叫個外送的特級壽司來吃。

然而椅子卻沒有人投標。她每天只要有空就上網看，但每次都看到那條橫線寂寞地掛在那裡。距離結標不到二十四小時，還是沒有反應。

紀子很失望。可能是心理作用吧！覺得肌膚失去了光采。看來得拿出更有魅力的商品才行，像是名牌或是絕版品……

都已經做好流標的心理準備，卻在結標前幾分鐘有人出價了。因為沒有競爭對手，得標價便落在起標價一千元整。一定是因為沒有別人出價，認為「既然才一千元」就買了。也好，總比沒人理好。得標的是人在埼玉的男子。

紀子打起精神，包裝椅子。確認錢匯進來之後，以國內快遞寄送。心裡幻想著收到的是獨居的學生或新婚夫婦，希望對方收到東西會很開心。

第二天收到信了，對方給的評價是「普通」。普通？紀子的臉霎時間脹紅了。怎麼不是「非常好」？

「其中一張椅子的椅腳部分有損傷。雖然不嚴重，但以後還是要拍照放上來，以便買方判斷。」

什麼損傷，只不過是稍微撞到牆角，有一點點凹陷而已。這人也太神經質了吧！而且才一千元而已，有必要這麼挑剔嗎？

氣憤填膺的紀子繼續看下去，最後一句是「可收購其他不需要的家具，請直接來信」。

紀子咂了一聲。一定是業者，專挑那些快流標的商品便宜進貨再轉賣。

真是討厭的社會。不該拿椅子去拍賣的，而且「普通」算什麼？那個中年人連基本的禮貌都不懂。

她很生氣，決定不給對方評價。反正對方也不痛不癢吧！

心情亂糟糟的，一照鏡子，上次那條皺紋又復活了。心頓時涼了。

怎麼會這樣？好不容易才變年輕的。紀子的心情立刻黯淡下來。

都怪這次拍賣，沒有人感謝的不滿反映在肌膚上了。

她趴在客廳的沙發上，臉埋進抱枕裡，腦袋裡想的是下次該拍賣什麼。唯有拍賣才能出這股怨氣。要拍賣有價值的東西，贏得好評價才行。

自己為自己打氣。她直起身來，決定把家裡上上下下再檢查一次。

「喏，我可以把你的唱盤拿去網拍嗎？」

紀子問晚歸的清志，她指著院子裡的組裝式倉庫。那裡有塞滿了黑膠唱片的紙箱，她在當中發現了老舊的唱機。

「不行，黑膠唱機現在可是很珍貴的。」

清志吃著茶泡飯，以「別鬧了」的語氣說。當然，這早在紀子的意料之中，丈夫年輕時老愛聽國外的搖滾唱片。

「可是你很久沒用了啊！」

自從買了ＣＤ音響之後，唱機就無用武之地了。

「以後我會再聽的，等由佳和祐平長大離家之後，我要買好的喇叭裝來聽。那是我老了以後的樂趣。」

「好吧……」

紀子選擇退兵。一聽到老了以後的樂趣，背脊不禁一陣發涼。要是話題繼續下去，害清志想起吉他就不得了了。

「妳是不是迷上網拍了？」清志問。

「沒有啊！」她搖頭裝傻。糟糕，老公搞不好會想起吉他——

清志停下筷子，欲言又止地注視紀子。

「幹嘛？你想說我老了，是不是？」她故意用挑釁的語氣說。

「我怎麼會這麼說？妳幹嘛鬧脾氣啊！」

「我才沒有鬧脾氣。」

紀子站起來，開始在流理台洗東西。

「我說紀子啊，妳該不會在迷網路聊天室之類的吧？」清志喃喃地說。「我們公司裡有年輕同事的老婆因為孩子長大，比較不需要照顧了，想找聊天的對象，結果搞到網路中毒，造成我同事很大的困擾。」

「聊天室是什麼？」紀子不知道，便開口問。

「妳不知道我就放心了。妳最近老是盯著電腦看，我有點擔心。」

「噢，謝謝你擔心我。」

太好了，吉他被拋到腦後了。紀子鬆了一口氣。

還是別碰丈夫的東西吧！她不想打草驚蛇。

在新宿買了東西，順路逛紀伊國屋書店的時候，紀子想到一個好主意。她看到作者簽名書堆得老高，覺得應該可以拿來網拍，住在鄉下地方的書迷一定想要得不得了。等看完之後，再以比定價更高的價錢賣掉——真是一石二鳥的好主意。

簽名書的作者是個名叫奧山英太郎的作家，沒聽過。不過沒關係，聽說市面上數量較少的東西比較值錢，要是有什麼狂熱的崇拜者就更幸運了。

她立刻買下，一看，才發現是愚不可及的幽默小說。她有些不安，但在網路上搜尋作者，知道他是個不曾辦過簽名會的乖僻作家後，便受到鼓舞。拍賣網站也沒有人拍賣這位作家的簽名書，應該具有物以稀為貴的價值。

她以定價的一半起標，立刻就出現了好幾個人出價，內心很快就溫暖起來。她就是喜歡這一刻。查看每天的競標狀況也是一種樂趣。

一週後，定價一千六百元的書以三千元結標。得標的是一名鹿兒島的女性，自稱是這位作者的超級書迷。

「期待鄉下書店進簽名書根本是緣木求魚。我一直是這位作家的書迷，能得標實在高興極了。我會把這本書當作傳家之寶的。晴天，謝謝您。」

而評價是「非常好」。啊啊！太好了。在安心的同時，全身微微起了雞皮疙瘩，感覺肌膚立時緊繃。這種感覺可以用狂喜忘我來形容。

對，就是這個，女人就是這樣變美的。

紀子用這三千元叫了她念念不忘的特級壽司。自從孩子出生之後，吃的都是迴轉壽司，所以這次吃起來特別美味，星饅簡直就像融化在舌頭上。容器她親自拿去還了，因為孩子們要是看到，一定會跟她計較的。

然後便秘治好了，那條皺紋也消失了。紀子在家裡做出勝利手勢。

## 4

現在紀子的腦袋裡除了網拍沒有別的。只要有空，就四處找家裡能賣的東西，逛書店時則拚命看有沒有簽名書。

每天都上拍賣網也會有所發現。網站上有一群常客幾乎毫不間斷地有東西拿出來拍賣。

拍賣澤田研二演唱會紀念冊的人，在另一個網頁拍賣緊急避難用的收音機。兩者都不是放在家裡會佔空間的東西，也不怎麼值錢，怎麼想都應該是興趣。

紀子猜想這個人一定是和自己類似的主婦。交易完成後要不是商品有問題，絕大多數的買家都會給「非常好」的評價。光是這樣，便足以讓沒有機會聽到別人稱讚的主婦開心不已了。為了這份充實的感覺，便忍不住找東西來拍賣——

半是苦笑，半是感同身受。每個人都一樣，都在尋求與他人的關連。

紀子猶豫之後，決定拿咖啡杯組來拍賣。那是家裡換車時，車商送的，只用過一次便束之高閣了。本來想用來招待客人的，但上面印了廠商的商標，一看就知道是贈品，顯得很寒酸，便不再用了。

儘管東西用過一次，足以令人打退堂鼓，但這一組五人份的咖啡杯應該會有人需要吧！像是大家庭或是小公司。

以千元起標，曾經用過一次的事也老實陳述了。附註「煮沸消毒之後裝箱寄送」的說明後，上網拍賣。

結果出乎意料，投標的人蜂擁而至。真的嗎？紀子好驚訝。有「HONDA」商標的反而好嗎？依照女性的觀感，那只會礙眼而已啊……

稍加思考後，她明白了。這就和 CHANEL 或 GUCCI 的商標一樣，限定品果然搶手。沒想到，咖啡杯組竟以一萬元結標。紀子半夜獨自高舉雙手。上美容院吧！換個髮型，到銀座去看電影。

到處都有人說她變了。附近的主婦和家長會的媽媽們圍住她。「妳變漂亮了哦？」即使沒有說出來，也有好幾個人以「咦？」的表情看她。

精心打扮後走在銀座街頭，收到路邊發送的高級精品店宣傳小冊子。回頭觀察，發送的對象僅限於美麗的女子，對俗氣的歐巴桑不予理會。她的自尊心因此而增強了。

尤其令人心動的是，在咖啡店休息時，鄰桌的英俊中年上班族不時偷看她。不是她自以為是，那是「有美女哦」的眼神。

紀子開始充滿自信，說不定當家長會委員也不錯。這都要感謝網路拍賣。

這麼一來，就要想下次要賣的東西了，但是真的沒有庫存了。家裡沒有任何值錢的東西。

逛著拍賣網站，看大家都拍賣些什麼時，回到家的清志從她背後偷看。

「妳每天晚上都在幹嘛？」

「管我幹嘛，這是我的興趣。」

「哇，好高尚的興趣哦！」

這種瞧不起人的說法讓紀子光火。但是，她把這件事擺在一邊，要求丈夫帶她出去吃館子。

「喏，下星期三是我的生日，帶我去吃個義大利菜嘛！」

她想盛裝打扮，而且要在晚上出門。

「孩子呢？」清志問。

「不會怎樣啦！都國中了。偶爾讓孩子看家，我們夫婦倆去玩有什麼關係？」

「哦，偶爾為之倒是挺不錯的。不過很遺憾，我下星期一整個禮拜都要到近畿出差。」

紀子默默咬牙，因為清志看來笑得很賊。

「我會買名產回來。我也會去伊勢，去買個伊勢龍蝦回來煮火鍋吧！」

「我寧願要珍珠項鍊。」

「我沒那麼有錢。」

丈夫不肯答應。紀子老大不高興地坐在電腦前，也不幫他熱飯菜。

乾脆把清志的高爾夫球具拿去賣好了——紀子在心裡盤算。

實在找不出可以拍賣的東西，便再次將黑膠唱盤拿出來。唱盤長得像四方形的漆器餐盒，金屬外觀很有科幻的味道。這在以前一定算是很先進的吧！被ＣＤ取代之後，如今只是時代的紀念而已。唱盤本身輕得出奇，不太像高檔貨。

插上插頭後，放上唱片，打開開關，唱盤正常轉動，馬達似乎也沒有異狀。要播放聲音還需要其他器材，所以別的功能就無從確認了。

拿去拍賣吧！紀子在嘴裡喃喃自語。要是被發現，買新的送他就好。之前在電器行找過，在角落裡擺了幾台，才三萬元左右。就算全新的也很便宜。

清志的話又在耳邊響起——「好高尚的興趣啊！」氣死人了，完全瞧不起家庭主婦。好，賣掉，自己有這麼做的權利。幾年前她曾經去打工幫忙家計，一直忍耐著不買東西，把錢用在孩子身上。

拍了照，寫好簡介。機體上印的那一行英文大概是商品名稱，便一併寫在簡介裡。「Technics 的 SL-10 唱盤，一直收著沒用，但功能正常。交易後若有瑕疵，接受退貨。」

起標價訂為五千元。這種老東西，一定有人基於懷舊之情想買的。

她在丈夫出差那天把東西拿去拍賣。丈夫只留一句「那我走了」，搖搖手就出門了，所以她心裡沒有半點內疚——誰教他不在乎我的生日。

哼！東西賣掉以後，我要挑個平日中午，自己一個人烤松阪牛排來吃。

紀子氣呼呼地操作電腦。

這台 SL-10 唱盤的出價在短時間內扶搖直上，當天便飆破三萬元。

紀子有不好的預感。該不會又踩到地雷了吧？她心驚膽顫地用型號搜尋，結果

SL-10竟是往日的「名機」。

「Technics生產的SL-10是國產第一台線性循軌機種，一九七九年推出時，儘管一台要價十萬元，仍寫下暢銷紀錄。」

紀子不由得皺起眉頭。吉他也好，這東西也好，難不成清志很有看東西的眼光？不然家裡怎麼會有「寶物」呢？

話說回來，男人的世界真教人搞不懂。只不過是台中古的唱盤而已啊！又不是像包包之類可以揹出去炫耀的東西，有什麼好的？

幾天後當價錢飆破五萬元時，紀子不由得心虛起來。她在網站上查閱能否取消拍賣，看來是沒辦法。

紀子倒在沙發上沉思。怎麼辦？要老實道歉嗎？對不起，我拿去賣了。不行，不能這麼做。這麼一來，就得把吉他的事也招出來。未徵求同意就把兩樣古董賣掉，清志一定會氣得火冒三丈。

她嘆了一口氣，望著窗外。秋天的天空澄澈無比，太陽在萬里無雲的藍天上燦然生輝。

晴天啊——好想出去玩哦！上山下海都好。結婚之後，就再也沒有撇開家人去旅行，一直待在家裡，一直照顧家人。而今天，她滿四十三歲了。

把那台叫 SL-10 的東西賣掉以後，約妹妹到北海道玩玩吧！賞賞楓葉、吃吃螃蟹、泡泡溫泉……這麼做也不會遭天譴的，神明一定也會站在自己這邊。

紀子閉上眼睛，做了一個深呼吸。幾秒後，睜開眼睛。

好，別再為這件事煩心了。被發現就見機行事，吵架就哭給他看。

目標十萬元。既然要去，就要住一流的溫泉旅館。

紀子站了起來，再度面向電腦。

晚餐吃壽喜鍋。並不是因為自己生日才大手筆，而是懶得做菜。孩子們愛吃肉，不會有異議的。

準備好材料後，喊二樓的孩子們下來。「由佳，祐平，吃晚飯囉！」

兩人慢吞吞地從樓梯上下來。下來以後也不坐，只並肩站在餐桌前。兩人背後都拿著東西。

「怎麼啦？趕快坐啊！」

孩子們紅著臉，似乎是在害臊──

由佳拿手肘捅祐平。「你講啦！」「姊講啦！」兩人竊竊私語著。

「幹嘛？怎麼了嗎？」紀子奇怪地問。

由佳清清喉嚨，開口說道：「媽媽，生日快樂。」下一秒鐘，紀子眼前多了一束花。

「生日快樂。」祐平跟著說。他手上放著一個以蝴蝶結裝飾的小盒子。

「天啊！」紀子睜圓了雙眼。孩子們露出笑容。

她完全沒有預期到這種狀況。這是破天荒頭一遭，所以她連話都說不出來。

「爸爸去出差那天早上交代說：『星期天是媽媽的生日，你們兩人送個禮物給媽媽。』」由佳忸怩地說。

「爸給我們三千元，說我們可以去買花，我們又各自貼了五百。」祐平說。

「你不要多嘴啦！」由佳皺起鼻子責備弟弟。

紀子胸口一熱。只要輕輕碰她，她一定會大聲哭出來。

「謝謝你們，媽媽好高興哦！」她好不容易才擠出這句話。

嗅嗅花香，紀子幸福得簡直快飛上天去。打開祐平遞給她的小盒子，裡面是一個可愛的胸針。一看就知道東西不貴，但反而顯得誠意十足，令人感動。這一定會成為自己日後的寶物。

「哇，今天吃壽喜鍋耶！」祐平雀躍地說。

「祐平，蔥也要吃哦！」由佳像媽媽似的嘮叨。

兩人也都彆扭得不得了。

多慶幸自己生下這兩個孩子啊！回想起來，家人一直為她帶來幸福。

三人圍著壽喜鍋。平常總是默默用餐的由佳和祐平，今天卻告訴她不少學校裡的事情，想對媽媽好的心意溢於言表。

紀子不時看著花，每看一次，就說一次：「謝謝你們。」

擁有這份幸福，便足以讓她再撐十年。

自己是有家人的——

晚飯後，人到伊勢的清志打電話回來。開口第一句話就是開玩笑地說：「珍珠項鍊貴死了，耳環好不好？」

「當然好。你肯買，我就很高興了。」

紀子為清志叫孩子們送花一事道謝。「謝謝」、「不客氣」，明明是夫婦，不知為何卻感到尷尬，並沒有說什麼浪漫的甜言蜜語。

「對了，你是哪根筋去想到了？」紀子問。

「看妳迷電腦迷成那樣，我怕妳是不是有什麼不滿。」

「傻瓜，我才沒有呢！」紀子微微苦笑。

「妳可別把珍珠耳環拿去拍賣啊！」清志說。

「我怎麼會呢！」

才說完便想起唱盤，腿根一帶竄過一陣寒意。糟糕，自己闖了禍，已經無法挽回了。

掛了電話後打開電腦，一看網頁，出價竟然已經飆到七萬，而且結標時間就是今晚十一點。

紀子低聲呻吟，抱著頭苦思。要向得標的人道歉，請他棄標嗎？老實說她是瞞著丈夫拿出來賣的，這樣對方會諒解嗎？

東西絕不能賣。她不想辜負清志。

「對了！」紀子站起來。不是還有妹妹在嗎？當初建議她去網拍的妹妹。

她連忙打電話。

「啊，是我。這麼晚了不好意思，不過妳可不可以現在就去拍賣網站，用十萬把Technics的SL-10標下來？」

「啊啊？SL-10？那是什麼？」電話那一頭的妹妹聲音高了八度。

「我跟妳說，上面有個叫晴天的賣家，那個就是我……」

「晴天？」

「就是……」

紀子拚命解釋，急得滿頭大汗。

# 此處 即 青山

ここが青山

1

效力了十四年的公司倒閉了。三十六歲的湯村裕輔在遲到的早會上，聽社長親口宣佈了這個消息。

星期一早上被遲遲不升起的平交道擋住，沒搭上固定搭的那班急行電車。平常他會抬起柵欄強行闖越，但是這天，附近派出所的警察站在平交道前，不管是高中生或粉領族，大家都只能眼睜睜地看著紅色車廂的急行電車駛過。反正，就是低階員警的惡意作弄兼洩憤，這個個性很差的警察被附近的人稱為「豬頭條子」。雖然沒什麼創意，不過罵起來倒是挺順的。

總之，當他遲到十五分鐘、低著頭進辦公室時，大約六十名同仁正站著聽五十幾歲、戴假髮的老闆訓話。裕輔沒有走到自己的座位，站在旁邊等訓話結束。

視線和總務部的女同事對上了。裕輔報以微笑，她則是僵著臉露出一絲苦笑。視線往旁邊一看，看到一起打麻將的牌友同事，只見他慘白著一張臉望著前方的社長，這時候裕輔才發現情況不對。

「這實在令人心痛，但是，本公司二十年的歷史即將落幕。」

不會吧！社長的話讓裕輔張口結舌。

「從上星期開始便已四處奔走周轉，但銀行的回覆非常無情，決定停止融資……」

我的天哪！他在嘴裡低喃著。事出突然，一點真實感都沒有。

早會一結束，社長隨即在幹部們的簇擁下離開了辦公室，只留下一位負責總務的董事，說明未付的薪水將計算天數後於何時支付、國民保險與年金的部分又將如何處理。公司不會發遣散費。由於沒有工會，恐怕不得不接受這項安排。管理階層必須留下來收拾殘局，一般員工當場就無事可做了。

裕輔環視辦公室。貼在牆上的業績表、褪色的個人置物櫃，令他多少沉浸在進公司竟已長達十四年的感慨中。當時，社長還是個勇於面對現實的禿子。

他自以路跑接力賽聞名的私立大學畢業後，便投身於這家公司。儘管公司是電腦相關產業，未來發展性看好，不過他實際從事的工作卻是廣告業務。每天為了跑業務，鞋底都磨平了，才進公司沒多久便洩了氣，但也當作分內的工作，認命地忍了下來。兩年後就習慣了，這種小公司的家庭主義也不錯啦！

三十六歲，年薪六百萬元，應該算普通吧！他有結婚六年的妻子和四歲的兒子，還有三十年的公寓貸款，所以公司倒閉實在讓人笑不出來。

業務部的同事們聚在辦公桌旁。「傷腦筋啊！」「怎麼辦？」大家的反應還滿冷靜的，還有人不知在取笑誰。

向部長請示，只見他以僵硬的表情說：「我要留下來收拾善後，你們可以回去了。」四十五歲的山科部長有一對明年要考大學的雙胞胎女兒。裕輔不經意瞥見，發現他的指尖正微微顫抖。

裕輔先發 e-mail 到妻子的手機，因為他不知道該用什麼聲音講電話才好。

——大驚奇，公司今天倒閉！

妻子厚子立刻回電了。

「你是說真的？」

「真的，在早會上突然宣佈的。從今天起，我就是失業人口了。」他故作開朗地說。

「噢，我知道了。今晚想吃什麼？」

「總不能吃壽喜鍋吧！」

「有什麼關係？用便宜的肉就好了。」

可能正是因為處於這種情況下，夫妻倆反而談起一些可有可無的事。厚子說兒子昇太吃壞肚子，擔心他去幼稚園後有可能拉在褲子上。

講完電話後，同事提議去打麻將，他沒有拒絕的理由。公司附近的麻將莊傍晚才開始營業，一行人便特地來到歌舞伎町，和酒店酒保、中國人一起開桌。

「自從社長開始遮他的禿頭，我就覺得有危險了。」

反正都這步田地了，大家說起話來都肆無忌憚。

不到中午就喝起啤酒來，還牌運很好地胡了大三元，裕輔的心情不由得放鬆起來。

傍晚回到家，厚子正在做美容體操。只見她在地板上扭轉身體，流著豆大的汗珠。

「你回來啦！材料我已經買好了，阿裕，壽喜鍋讓你準備，然後先幫昇太洗澡。」

「嗯，好。不過妳在幹嘛？」

「我把以前的套裝翻出來穿，結果穿不下，所以來塑個身。」

「哦。」裕輔抱起正在玩玩具的昇太，臉貼著他磨蹭。

「跟你說，我明天要去上班了。」

「咦？」事出突然，裕輔吃了一驚。「去哪裡上班？」

「我打電話到之前的公司雅典娜經濟研究所，結果社長就說：『妳老公失業？那妳回來上班吧！』所以我要去上班了。社長說薪水照行情給。」

「啊，是哦。」

「有什麼感想？」

「呃……抱歉。」

「幹嘛道歉啊！」

「因為覺得讓妳吃苦了啊！」

「我還以為你會恭喜我的。」

「啊啊，對哦……也可以從這個角度來看。那，恭喜恭喜。」

「謝謝。這樣湯村家就不必流落街頭了。」

厚子露出小虎牙笑著說。她正在做倒騎腳踏車的動作，臉頰的肉彈跳不已。

裕輔頓時感到身體輕得好像腳跟都浮了起來，壓力頓時放鬆了，才明白原來自己先前背負了沉重的壓力。就算沒有打包票說：「跟著我，包妳一輩子不愁吃不愁穿。」但畢竟有為人夫的責任感。

「哇！」他歡呼。

「哇！」厚子也笑著回應。

裕輔脫下西裝，鬆開領口的領帶，穿上圍裙，從冰箱裡拿出蔬菜和肉，洗了手之後，在清脆的切菜聲中切了白菜和蔥。蔬菜水嫩新鮮，好似在祝福他們一家明天全新的開始。

第二天早上六點起床。他認為既然厚子要去工作，家事就應該由自己負責。對此他們並沒有討論過，但裕輔出於默契，獨自悄悄下床。

昨晚就已經用定時功能設定好電鍋了，所以他著手煮味噌湯。

好了，該怎麼做呢？裕輔在流理台前沉思。單身時代老是外食，婚後三餐則由厚子一手包辦。說來丟臉，他不知道味噌湯怎麼做。

他把材料一字排開，有豆腐和油豆腐皮。光這兩種未免冷清，便決定加馬鈴薯。

好，首先要熬湯頭才對——他自言自語地說。拜美食節目眾多之賜，這點常識他還有，但家裡卻找不到柴魚和昆布。唔，難不成我們家的味噌湯是不熬湯頭的嗎？

儘管過意不去，還是搖醒睡夢中的妻子詢問，得到了簡潔的回答：「高湯粉，廚房的抽屜。」原來如此，還有這種東西啊！

在鍋裡把水煮開，丟進材料後，加了適量的高湯粉。在等材料煮熟的期間，他準備烤竹筴魚乾。他們家的早餐固定吃竹筴魚乾或喜相逢。

在瓦斯爐上架好網子後開火，手裡拿著魚乾，再度陷入沉思：應該先烤哪一面？皮還是肉？

管他的，應該不會有什麼重大影響才對。反正要烤兩片，就兩種都試試看，火力則用中火。由於不知道怎麼弄，花了不少時間。

飯煮好了，他拿飯匙翻動，好極了，煮得很好。只不過這是微電腦全自動控制的，本來就不會失敗。

馬鈴薯熟了，味噌該下鍋了，分量嘛……隨便好了。他把味噌放在大湯杓裡，再一點一點溶進鍋裡，每溶一點就嚐一下味道。

無法判斷，只知道味道和平常截然不同。不過他倒是發現馬鈴薯多得離譜，看樣子，兩個馬鈴薯是太多了。而且油豆腐皮軟趴趴的，變得像豆皮一樣。糟糕，原來油豆腐皮不用煮這麼久。

快七點時，厚子起床了。「怎麼樣？」她邊問邊探頭看。「沒問題啦！」聽裕輔一副沒事般地回答，她頓了一下，便默默坐在餐桌邊攤開報紙。

「喏，阿裕，股市在三個月之後又重回一萬六千點了呢！」

「哦。」他對經濟一無所知，便含糊回答。

昇太起床了。厚子帶他去上廁所，兩人站在一起刷牙。在昨天之前，這件事是自己的工作。

他把做好的早餐擺上餐桌。雖然一點自信都沒有，但他決定看開一點。反正有白飯，要是真的不能吃，配納豆、拌生雞蛋就好。

一家三口的早餐開始了。厚子先喝了一口味噌湯，便微笑著說：「嗯，好喝。」接著問兒子：「昇太，很好喝吧？」

「好喝。」昇太大口吃著加了麵包超人香鬆的白飯說。

裕輔很感激妻子的體貼，因為他第一次做的味噌湯一點都不好喝。一定是高湯粉的量和味噌的加法有問題，而且竹筴魚乾也烤過頭了。儘管如此，魚皮上卻沒有出現香脆的燒焦處，料理還真神奇。

吃著吃著，他越來越沮喪。自己做的菜實在不好吃，真教人無地自容。世上的女人們對於別人批評自己做菜時都是如何忍耐的啊？

吃完早餐後，厚子便在化妝台前仔細化起妝來。看來既然要重回職場，化妝就不能草草了事。

裕輔為上幼稚園的昇太準備隨身物品，把手帕、馬克杯等塞進包包裡。這時候他心頭一涼：完了！忘了做兒子的便當！膝蓋發起抖來，慌得連自己都吃了一驚。

他向妻子請教對策，厚子給了一個冷靜至極的建議：「等一下再送過去就好啦！」原來如此，害他白著急一場。

厚子先出門了。「路上小心哦！」裕輔和兒子兩人在玄關送她。

「媽媽要去哪裡？」昇太吃著手指頭問。「上班啊！」裕輔回答。

「代替爸爸去？」

「對，爸爸的公司倒閉了。」

「倒閉了是什麼意思？」

「就是永遠放暑假。」

「哦。」兒子一臉不可思議地抬頭看著父親。

到了八點半，裕輔牽著兒子的手上幼稚園。幼稚園位在同一個町內，走路不用五分鐘。半路上，麵包店的大嬸向他們打招呼。

「哇，昇太，今天和爸爸一起出門，好棒哦！」

「因為我爸爸的公司倒閉了。」

「哦，這樣啊！」

她一定沒聽清楚吧！只見她瞇起眼睛點頭。

在幼稚園裡，老師也聽到同樣的話。

「我爸爸的公司倒閉了。」

昇太才說完，四周的大人們臉色驟變。「哦，這樣啊，哦呵呵。」老師臉頰抽搐，說話都結巴了。

裕輔倒是出奇地平靜。把昇太交給老師後，解釋說：「不好意思，今天忘了做便當，等會兒再送過來。」對其他媽媽們也親切自在地打了招呼。

爸爸的公司倒閉了——回家路上，他想起昇太的話，笑了出來。小孩子就是老實，很好，不必再多加解釋也讓他鬆了一口氣。從明天起，就能大大方方地接送兒子了。

回到家後，先做好便當。在小小的便當盒裡裝了白飯，鋪上魚鬆和小魚增添色彩，配菜則有煎蛋和冷凍庫裡的迷你漢堡。儘管覺得昇太一定不會吃，但還是想放點青菜，就用鹽水燙了一朵青花菜。

做完有一種成就感。用麵包超人的手帕包起來後，小跑步送到幼稚園。

再來就是打掃和洗衣服。一開始做，才發現這些家事很花工夫。尤其清掃浴室更是體力勞動，他用海綿刷浴缸，刷完竟然鬧腰痛。號稱只要沖水即可沖掉污垢的洗潔劑廣告根本是騙人的，那根本只會留下黏滑的觸感而已。

洗衣服則是以晾衣服時最辛苦，手臂好累。浴巾會佔掉曬衣竿的位置，一點都不好處理，床單一定更可恨。這稍微改變了他對東西的看法。

他對電視沒興趣，所以邊做家事邊聽收音機。配合著外國流行樂哼著歌，完全忘了公司昨天倒閉這回事，直到後來才猛然驚覺：原來自己失業了……

不，我正勤奮地工作著呢！家事也是了不起的勞動！他自言自語著。

因為一個人在家，所以可以毫無顧忌地放屁。在昨天以前，妻子一定也跟他一樣吧！一想到這裡就覺得好笑，厚子那傢伙。

午餐煮了蕎麥涼麵吃。因為抓不準分量，便煮了兩百公克，結果煮出來的麵多得驚人。他憑一股蠻勁，全部送進了胃裡。

厚子發 e-mail 給他，說晚上有迎新會，會晚點回家。太好了，他們公司似乎很有家庭那種和樂的氣氛。

這麼一來，晚餐就只有他和昇太兩個人了。該做什麼菜才好？就算問兒子想吃什麼，自己會做的菜色也極其有限。

煮咖哩好了，不但便宜，吃不完也只要冷凍起來就好了，更重要的是做法簡單，再配個湯和沙拉……對了，接昇太之前先去買食譜吧！裕輔不由得拍了一下手。還有很長的路要走呢！而且也想訓練一下自己的手藝。

心裡有種莫名的興奮。待在家真好，平常這個時間，他都在拜訪客戶。他躺在客廳裡，攤成一個大字形。

## 2

才三天，裕輔就完全習慣必須做家事的日常生活了。雖然常常會遇到不熟練、做不好的時候，可是他不但不認為在家用心做家事的自己有什麼不對，也不以為苦，甚至還樂在其中。

尤其讓他燃起鬥志的，是做昇太的便當。小朋友是不懂得什麼叫顧慮的生物，不好吃的東西只肯咬一口，就會全部剩下來。果不其然，第一天的青花菜只留下一個小小的齒痕。第二天，同樣的青花菜上加了美乃滋，結果只有那個部分被咬走了，做菜的人不禁有種「發現新大陸」的感覺。今天裕輔把整朵青花菜薄薄塗上一層美乃滋，放進烤箱裡烤過。結果到底是吉？是凶？真教他等不及兒子放學回家。

另外，他知道味噌湯為什麼不好喝了，因為他沒有濾渣。他看了食譜才知道，皺著眉嘆了一聲。而今天早上，他煮了濾過渣的味噌湯。觀察厚子的反應，她喝著湯，臉上露出驚喜的表情。

連洗衣服的工作，也向下一階段的任務——熨衣服挑戰。以前他的襯衫之類的衣物都會送洗，但現在覺得那兩百五十元的洗衣費很浪費。單身時雖然用過熨褲機，但一般熨斗可是全新的體驗。

他先拿自己的白襯衫來試。放在熨衣台上，拿蒸氣熨斗壓過去。看著原本縐巴巴的襯衫被壓成一片平坦的樣子，感覺真是開心。

但是，袖子和衣領卻是難關。縫線處反而熨出縐摺，或是把摺痕熨成兩道，總而言之，除了平面之外，都必須有熟練的技巧才熨得好。

沒辦法，只好猛熨手帕、枕頭套之類的東西。雖然還有妻子的襯衫，但他強自壓抑他的挑戰精神。

正當他連不必熨的牛仔褲都拿來熨時，電話響了。接起來，發現是前上司山科，畢竟已經叫慣了，他脫口說出：「部長好。」

「湯村，你現在怎麼樣？好不好？」

「很好啊！」裕輔說的是實話。

「有在找工作嗎？」

「沒有。」

「嗯，這樣很好。不必心急，免得一頭栽進不好的公司。暫時休息一下也是好事。」

他的語氣聽起來十分體恤。

「部長呢？」

「就是收拾殘局啊！每天拜訪客戶。你也應該要寫個信向受過照顧的公司打聲招呼，以後搞不好還會來往。」

「好……」到底有什麼事啊？

「昨天，我到奈司商事去打招呼，結果大野專務出來跟我見面，聊了很多，提到他們要成立新的網路事業部，正在找人。他說這也算是緣分，希望我考慮考慮。」

「是……」裕輔默默聽著。

「簡單地說，就是挖角，但是我也不能隨口答應，我也有條件，所以說好另外找時間好好談一談，決定下星期再去一趟。」

「這樣啊，那真是太好了。」這是他的肺腑之言，可以聽到好事真好。

「那，湯村，你有興趣嗎？」

「咦？」裕輔不知如何回答。

「對方想要的是一個團隊，單我一個老頭子去也沒有用，他們需要年輕的戰力。」

「噢……」裕輔不由得給了一個冷淡的回答。

「怎麼？你那邊已經有眉目了？」

「沒有，不是那回事。」

「那你就考慮一下吧！」

「我知道了。」

山科粗聲粗氣地說句「人間到處有青山」❶，便掛了電話。

裕輔差點就想說：部長，你唸錯了。首先，那不唸「ao-yama」，是「sei-zan」才對❷……但他忍住了。讓錯了二十年以上的錯誤繼續錯下去，才是上策。

❶此句源於日本幕末僧侶月性之漢詩。全詩為：「莫怨白雲千里遠，男兒何處是非家。埋骨何期墳墓地，人間到處有青山。」

❷「青山」一詞在日語中有「ao-yama」和「sei-zan」兩種唸法。在這句詩裡，正確唸法應為「sei-zan」。

重新找工作啊……裕輔眺望窗外，喃喃自語著。在這三天內，他連一次都沒想過這個問題。腦袋裡想的淨是兒子的便當、今晚的菜色，以及如何把衣服熨好。

他的雙手在胸前交抱，陷入沉思。

不過，煩惱也沒有用。既然妻子外出工作，家裡的事就必須有人做。

他熨了桌布，不但簡單，面積又大，熨起來好有成就感。收音機播放著Burt Bacharach（伯特・巴克瑞克）的暢銷金曲。

下午到幼稚園去接昇太之後，讓他在客廳裡玩，結果他突然說：「要到外面去玩。」當時，裕輔正在細讀婦女雜誌的烹飪單元。

「我要去公園和小愛玩。」昇太一手拿著迷你車杵在那裡。順帶一提，便當裡的青花菜連個齒痕都沒有。

原來孩子是會到外面去玩的——他發現到這個理所當然的道理。昨天和前天都是到幼稚園接小孩之後，回程繞到超市買完東西就直接回家。他從來沒想過兒子也有自己的計畫和安排。

「好，走吧！」

由於不久便是太陽下山的時間，於是他讓兒子穿上刷毛上衣，自己則套上了運動外套。

父子倆帶著玩沙的用具，來到附近的公園，那是一處位於運動中心裡，供市民休憩的場所。

「小愛！」

「小昇！」

在兒童遊樂區裡相遇後，兩人便奔近並互相擁抱，有如一對戀人。裕輔的一顆心懸了起來，深怕他們會接吻。

「小昇，你都在家裡玩嗎？」

「嗯，因為我爸爸的公司倒閉了。」

「這個我在幼稚園聽過三次了。」

裕輔不由得伸手遮臉。

遊樂區還有其他幾個小朋友，看來是每天都一起玩到傍晚的玩伴。媽媽們都聚在旁邊藤樹棚下的長椅處，裕輔的視線一轉過去，大家便不約而同地向他點頭致意。

啊，大家好——他以嘴形這麼說，點點頭。

該怎麼辦呢？一個大男人去湊熱鬧好像會造成她們的困擾，而且看那裡的氣氛，對方似乎也不知該如何應對，因為她們表情很僵硬。

他的情況，也就是因為公司倒閉而失業在家的湯村先生——一定已經傳開了。他靠過去顯然會造成她們的心理負擔，因為她們得提醒自己千萬不能提到他失業的事。

他不知如何是好，只好在附近來回走動。銀杏樹下有另一張長椅，他在那裡坐下。椅子的另一邊有個帶著枴杖的老人。兩人目光交接，裕輔微微低頭行禮。

「今天放假啊？」老人主動開口，看來是想找人聊天。

「不是的……公司倒閉，所以我失業了。」因為往後可能還會見面，裕輔便說了實話。

老人的表情黯了下來，以乾澀的聲音說：「那真是辛苦你了。」一副由衷表達同情的樣子。

「你一定很不甘心吧！其實我也是，我四十歲的時候，一直賣命的公司倒了，差點就全家流落街頭。我們當員工的明明沒做錯事，全都是經營者無能的錯。我們建議過好幾次，叫他們分散風險，但他們就是死巴著母公司，結果呢？最後是連鎖倒閉。」

老人說得口沫橫飛。

「是的，你的心情我懂。不過，你可不能洩氣，你還有家人哪！那邊那個小弟弟是你的孩子嗎？真可愛。為了那孩子，你得好好加油才行。」

「是……」

「別氣餒啊！人生有苦便有樂，人間到處有……」

裕輔不由得抬起頭來。

「青山。」

呃，「sei-zan」是唸對了，但「人間」就……算了。只不過，真沒想到一天之內會聽到兩次。

接下來，他不得不聽老人長達三十分鐘的訓話。老人再三強調男人就是要經歷苦難才會成長，那份起勁的模樣，簡直像巴不得把這句話寫在簽名板上送他。裕輔光是要配合他就累壞了。

下午五點的鐘聲響了，擴音器播放起〈晚霞漸淡〉的歌曲。「明天見！」孩子們由媽媽們牽著手離開了，多美好的景象。若在以前，他不是在公司寫日報，就是還在跑業務。

晚餐他做了炸蝦，原因是想挑戰用炸的料理。厚子也傳 e-mail 說會回家吃晚飯。裕輔將草蝦剝殼、挑掉泥腸，再劃幾刀以免彎曲。南瓜切薄片，銀杏先烤過，燙好青花菜，蔬菜類也都洗好、切好了。塔塔醬雖然是買現成的，但他拌了壓碎的水煮蛋，還加了美乃滋，這麼一來昇太一定比較喜歡吃。

蔬菜湯用的是湯廚的罐頭，因為他判斷自己無法光靠鹽和胡椒的調味，煮出像樣的湯。

在準備晚餐期間，他讓昇太看麵包超人的錄影帶。兒子盯著電視，專注得連一點聲音都沒有。但太過安靜反而令人擔心，結果他每隔一分鐘便回頭去確認兒子在客廳的狀況。

真想要開放式的廚房，一抬頭就能看見孩子的身影，才能安心做菜。改建廚房需要多少錢啊？順便想把瓦斯爐換成電熱式的，不但清理方便，也不必擔心瓦斯外漏。

待會兒就上網去查，然後跟厚子商量。

厚子七點回到家。她到車站時就先打電話回來，所以他可以趁她從車站走回家的這段時間把東西下鍋。這一點讓他大開眼界，心想原來如此，自己以前如果也這麼做就好了。

「哦，炸蝦耶！真豪華。」妻子表情一亮，像個老頭子似的笑開了。

三人圍著餐桌開飯。裕輔有些緊張地咬了一口炸蝦，太好了，炸得很酥。這是不厭其煩測試油溫的成果。

「真好吃。阿裕，你好厲害哦！」厚子以驚訝的表情稱讚，聽得出不是客氣話。

多下了一道工夫的塔塔醬也大獲好評。光是聽妻子和兒子「好吃」、「好吃」地讚不絕口，裕輔的心裡就溫暖起來。他已經在想明天的晚餐了。明天來做中華料理吧！他想試試口感清脆的炒豆芽。

「昇太，青花菜要吃完。」厚子對兒子說。

「不──要。」昇太皺眉反抗。但看他咬了兩口，顯然不是完全拒絕。

飯後，厚子幫昇太洗澡。這段期間，由裕輔整理碗盤。

他們自然而然地形成這種分工形式。厚子沒有說「我來就好」或是「我也來幫忙吧」之類的話。裕輔倒是很感謝她採取不過問的態度。他不希望她動不動就對男人做家事感到過意不去，那會讓他覺得被人同情，反而造成心理負擔。

夜裡在床上，厚子問起一個意外的問題。

「對了，阿裕，你都不問我公司的事哦！」

「嗯，對耶！被妳這麼一提，我還真的沒問過呢！」

裕輔回答之後，打了一個大呵欠。

「不問也無所謂啦！我只是在想，老婆到外面去工作，男人都不會在意嗎？……」

「也不是不在意啦！可是下班回來被人家問：『怎麼樣？』也不知道怎麼回答吧？」

「嗯，沒錯沒錯。」

「而且如果有什麼想說的事，不用別人問，自己就會說了。」

「沒錯，就是這樣。」

厚子望著天花板，用力點頭。

「阿裕……」接著她又小聲地說，「我以前問東問西的，你一定覺得很煩吧！可是你也不會不理我。」

「也不至於很煩啦！」他在半夢半醒的狀態回答。

妻子吸了一下鼻子，突然提議：

「喏，來做吧！」

裕輔以翻身代替回答。

「好啦好啦！履行夫妻義務也是很重要的。」她裝出男人的聲音這麼說，湊過來抱住他。

身體因搔癢而清醒，周公聳聳肩拂袖而去，裕輔只好回應厚子。

一開始雖然性趣缺缺，到一半感覺卻好極了。積極愛撫的厚子顯得極其淫浪，裕輔不禁興奮起來。回過神時，妻子已騎在他身上，感覺他整個人被壓在身下。裕輔覺得在下面也許反而更好。

3

第二天提早三十分鐘起床，做了日式高湯蛋卷。這是家裡沒出現過的菜色，看食譜看得他很想小試身手。

高湯昨晚就準備好了，是十分講究，以昆布和柴魚片熬取的第一道高湯。再加入少許砂糖、鹽、醬油，加蛋進去打。蛋汁打好之後，便把煎蛋卷專用的平底鍋放上瓦斯爐，開中火，倒油，以大湯杓舀蛋汁下鍋。

鍋裡發出滋——的聲響煎著蛋皮。趁表面半熟，拿筷子把蛋皮從另一端捲過來。接著，將捲好的蛋皮推到另一邊，空的部分抹上油，再倒入蛋汁。

感覺挺不錯的。那種半生不熟的樣子，連自己都覺得很棒。裕輔忍不住得意地笑了出來。

兒子的便當菜色則準備了另一種版本——在裡面包了用鹽水燙過的青花菜的「青花菜蛋卷」。兒子一定會覺得這老爸真是不死心。

高湯蛋卷大獲好評。厚子吃得嘖嘖稱讚，昇太要求加番茄醬，裕輔一口回絕，要他配蘿蔔泥吃。

「好吃吧？」

「嗯，好吃。」兒子似乎認同了父親的口味。

「便當裡也有放哦！」

「哇！」兒子天真無邪地開心歡呼。呵！你什麼都不知道呢！

送妻子出門後，接著帶兒子上幼稚園，回到家正想開始打掃時，電話響了，是車站前的派出所打來的。一問之下，據說是厚子和警察起了衝突。

「你太太不理信號，鑽過平交道柵欄，和警告她的警察吵了起來。」

一定是「豬頭條子」。妻子和壞心眼的低階警員對上了。

「我們並不想把湯村太太請到署裡，所以湯村先生，可以請你來保釋嗎？」

口氣聽起來並不急迫，可見只是口頭爭執。妻子有時候還挺兇的。

裕輔騎腳踏車趕到車站前的派出所，只見厚子坐在椅子上，看著手錶抖腳，豬頭條子恨恨地站在她旁邊。另一個警察是一臉老實認真的年輕巡警，感覺上是在安撫兩人。

「啊！太好了。阿裕，不好意思哦！還麻煩你跑一趟。事情已經解決了，剩下的就拜託你了。」

厚子挾著包包就準備站起來。

「喂！事情才沒有解決呢！不要胡說八道！」

豬頭條子激動地哇哇叫。

「對民眾的態度這麼差是什麼意思？你是二戰前的特別高等警察嗎？」厚子挺起胸膛，以堅定的態度頂回去。「我就是看不慣你假藉公權力來騷擾民眾的居心。依我看，不管是在家裡還是工作崗位上，一定沒人把你當一回事。」

「妳、妳……」豬頭條子張口結舌，氣得直發抖。

年輕巡警把裕輔拉到角落，小聲說：

「其實就只是沒有遵守平交道前的交通號誌。通常是警告兩句就好了，但是尊夫人當著我們主任的面，說出：『你就是那個自以為了不起的豬頭條子嗎？』這種話……」

「噢，對不起。」裕輔說。

「怎麼說呢？尊夫人的心情，我們也不是不了解……」說到這裡，聲音壓得更低了，「可是我們主任不只警告兩句，還說教說個不停，不肯放人，所以尊夫人雖然闖了平交道，卻上不了車。」

「噢。」

「然後，因為主任平時就常遭到民眾的白眼……所以今天尊夫人大罵豬頭條子時，甚至還有上班族拍手、高中生起鬨，因此我們主任也就意氣用事起來……」巡警皺起眉頭，輕輕地呼氣微笑著。「怎麼樣？可不可以請湯村先生向我們主任低頭說幾句好話，這樣事情就好收場了。」

「我知道了。」如果低個頭就可以相安無事，何樂而不為？

裕輔走近豬頭條子，行了一禮。

「真是對不起啊！」他刻意笑得卑微。「以後我會叫她好好遵守平交道信號的。」

接著又恭恭敬敬地行了一個大禮。

「拜託，你幹嘛道歉啊！」厚子生氣地說著。

「好了好了，妳會遲到的。」

「早就遲到了。先不管遲不遲到，我對這種拿著雞毛當令箭的小官……」

「好了好了，今天先到此為止吧！」

裕輔握著妻子的手把她拉起來，帶到派出所外。看做丈夫的那種息事寧人的態度，豬頭條子似乎覺得多少保住了一點面子，得意地說：

「以後注意一點。」

「麻煩出示一下身分證件。」巡警這麼說，裕輔便拿出錢包裡的駕照。

巡警在文件上抄寫姓名和住址。

「湯村先生，你的職業是？」

「呃，無業。」

「無業？」豬頭條子從後面插嘴。「失業了？」

「嗯，是啊！公司倒閉了。」裕輔抓抓頭。

「哼！所以你老婆才會有氣無處發啊！」豬頭條子歪著臉笑了。

裕輔扁扁嘴。當眾被人罵「豬頭」，有這麼令人生氣嗎？

他送厚子到車站。妻子嘴裡咒罵著：「臭豬頭條子。」臉上卻顯得很痛快。就在裕輔跨上腳踏車準備回家時，剛才那個巡警跑著追了上來。「湯村先生、湯村先生！不好意思！」這次換當警察的向他低頭了。

「我們主任剛才的話實在太失禮了，一點都沒有考慮到失業民眾的心情……」巡警非常惶恐。「我們吃公家飯的人對經濟不景氣比較沒有切身的感覺，常常不自覺對民眾的辛苦置身事外……」

裕輔默默聽著他說。

「請把剛才主任冒犯的話忘了吧！」

巡警萬分過意不去地說著，實足以做為道歉的範本。看樣子，他人挺不錯的。

「即使公司倒閉，也不要洩氣。祝你早日找到下一份工作。」他摘下帽子行了一禮。

呃，你心裡真的是這麼想的嗎？儘管疑惑，裕輔也跟著回禮。

實在不知道該作何感想。

回到家之後，裕輔開始打掃環境。他已從超市買來去霉劑，決定今天把浴室裡的霉清一清。

先戴上橡膠手套和蛙鏡，再啟動抽風機，房間的窗戶也一併打開，讓空氣流通。這種藥劑的藥性很強，孩子在的時候不能用。

裕輔往長霉的地方噴了幾下，頭立刻就暈了起來。他連忙到陽台避難，決定一直等到要沖水的時間再進屋裡。收音機播放著木匠兄妹的經典歌曲，是他熟悉的曲目，他便跟著一起唱。

這時手機響了。裕輔接起來，發現是姓原田的前同事，在公司宣佈倒閉那天一起去打過麻將。「我在離你家最近的車站，要不要出來一下？」他以深沉的聲音說。

「車站啊，我才剛從那裡回來。」

「怎樣，你很忙啊？」

「我正在打掃浴室。」

「等一下再掃啦！我可是特地跑來找你的欸！」

又沒有事先約好，還好意思說……但他也不好意思拒絕前同事，只好答應，匆匆沖掉藥劑後便出門。

原田在車站前的咖啡店等他，一身西裝領帶的打扮。

「哦，你已經找到工作囉？」聽裕輔這麼一問，他沉著一張臉，大大地呼了一口氣，抱怨說：

「哪來的工作啊！家裡已經沒有我的容身之處了。我兩個小孩都上小學了，知道失業是怎麼一回事。放學回來，只要看到我在家裡，臉上的表情就變了。看看我的臉色，就趕緊關在自己房間裡。這樣教我怎麼敢待在家裡啊！我還得顧慮鄰居的眼光，所以才一早就穿著西裝，假裝忙著出門。」

「去哪？」

「看電影，或是圖書館啊！想找人聊聊的時候，就找前同事。」

原田哼了一聲，自嘲地笑了，銜住吸管一口氣喝光冰咖啡。

「你太太呢？」

「湯村，問得好。我真是娶了個好老婆，她裝得很開朗的樣子，還安慰我說沒關係，船到橋頭自然直。」

「這樣啊，那不是很好嗎？」

「這樣我反而痛苦啊！會覺得我這一家之主在幹嘛？」

原田一副苦不堪言的樣子，啞著喉嚨訴苦。原田很想知道裕輔的狀況，於是裕輔一五一十地說了。

「這樣啊，換你太太出去賺錢，所以你負責做家事和照顧小孩啊！那真是教人如坐針氈呢！」

聽他的口氣，似乎很同情。不會啊！我每天日子過得很舒服……

「沒工作這碼事，可是攸關男人的面子。我從來沒想過原來公司倒閉是這麼讓人抬不起頭來的一件事。」

裕輔想反駁，但又懶得解釋。

「對了，那個假髮社長好像把自己的財產都牢牢保住了，總務部的人說的。聽說本來掛在公司名下的別墅，一個月前就轉成他老婆的了。」

「哦。」

「我想去舉發他。湯村，你願不願意幫忙？」

「我？」

「有什麼關係？你很閒吧！」

「可是，我還要接送兒子到幼稚園……還得做便當。」

「我知道了，反正我也只是說說而已，倒掉的公司又不會復活。」

原田把杯子裡的冰塊含在嘴裡，咬得喀哩喀哩作響。

「啊，對了。」裕輔想起昨天山科部長打來的電話。「說到這個，部長好像被奈司商事挖角了。」

「啊？我不知道，第一次聽說。」

「好像是新的網路事業需要人手……」

他把聽說的事全都告訴原田，因為他認為沒什麼好隱瞞的。

「是哦！原來有這麼一回事。」

原田傾身向前。這對他來說大概是一線曙光吧！只要有興趣，可以去自告奮勇。裕輔是出於一片好意。

接下來，原田說了一大堆前社長的壞話，並告訴他一個驚人的內幕，說其實總務部的玲子是董事的愛人，東拉西扯了一個小時，最後以寂寞的眼神說：「抱歉哪，白天一個人時會感到很不安。」接著淡淡一笑。

「湯村，一起加油啊！」

「啊，好。」

在迷惑中，裕輔與原田用力握手。最後是原田付了咖啡錢。

下午帶昇太到公園。青花菜蛋卷裡的青花菜原封不動地剩下來了。

昨天的老人坐在遊戲區的長椅上，與裕輔視線交會，便笑著對他招手。裕輔無奈，只好獨自走了過去。

「我就猜你今天也會來，所以準備了這個。」

老人從紙袋裡拿出一本書，遞給裕輔。書名叫做《戰勝逆境的五十大名言》。逆境是嗎？裕輔花了好大的力氣才能保持平常的表情。

「我看過很多遍了，就送給你吧！我還在上班的時候，只要一覺得辛苦，這本書就會給我勇氣。」

「哦，這樣啊！」

「好比這句話，」老人從旁翻了幾頁，「這是一手創立末吉集團的大內會長說的，

『艱苦時更要播種』，這句話是教導我們，人在苦難中容易短視近利，這時候更應該把眼光放遠。」

「噢。」

「這句話不是很精闢嗎？你也一樣，失業雖然是一大打擊，不過現在更應該放眼未來再採取行動，像是去考取資格啊、再進修之類的。千萬別因為心急，就進了不值得效力的公司。」

「……是，您說得對。」

「你就好好地看吧！」

「謝謝您。」

唔唔唔，從明天起，來這座公園肯定會變成一件苦差事。

裕輔逃也似的離開了老人身邊。向專注於玩耍的昇太瞥了一眼，便往藤樹棚下走去。他向媽媽們行了一禮，正準備往長椅一角坐下時，小愛的媽媽開口問：「湯村先生，你太太去工作呀？」

「嗯，是啊！她回以前的公司上班了。」

媽媽們紛紛說著：「真好，我也想再當粉領族。」「好想穿套裝出門。」「好想在下班後到處喝酒。」

裕輔不置可否地笑著聽她們說話。應該要跟她們打聲招呼，說自己暫時還要當家庭主夫，請各位多指教嗎？還在猶豫時，小愛跑過來了。

「媽媽，爸爸的公司什麼時候會倒閉？」

在場所有人都僵住了。小愛的媽媽臉色大變，嘴角抽搐，罵女兒：「妳這孩子在胡說什麼！」

「可是人家也想跟爸爸玩。」

「放假的時候，爸爸不是都有陪妳玩嗎？」

因為語氣太兇了，所以小愛像拉警報似的放聲大哭。

裕輔覺得自己在場太尷尬，連忙離開。話雖如此，又無處可去。見攀爬架上沒人，他便爬上去坐在頂端，眺望整座公園。除了自己，看不到三十幾歲的男人。烏鴉悠哉地在空中啼叫。

4

裕輔做菜的手藝大有進步，蒲燒沙丁魚之類的菜色三兩下就能做出來，醬燒牛蒡做來也不費吹灰之力，放進昇太的便當中，被吃得精光。原來我兒子的口味是偏和風的啊！他認真考慮起是否要用醬油來滷青花菜。

厚子似乎很享受上班生活，打電話回來問週末可不可以陪客人打高爾夫球，裕輔回答當然可以。連球桿都沒握過的人，還真是好膽量。關於上次那件事，她也得意地笑著說：「那個豬頭條子已經不敢再站在平交道前面了。」她的個性本來就很外向，當然，這早在婚前就知道了。裕輔突然感到好奇，哄昇太入睡後問她：

「妳是在懷昇太的時候辭職的嗎？其實並不想辭吧？」

「嗯，其實的確不想辭。」厚子不假思索地回答。

「那妳怎麼沒說想繼續工作？」

「為了要向阿裕家交代啊！媽問我說：『厚子，妳會把工作辭掉吧？』那種自然到極點的問法，害我不由自主就答應了。」

「天哪！原來有過這種事？」

臭老媽——裕輔在心裡暗罵。

「不過，幸好辭掉了，才能每天和昇太一起生活。現在我覺得決定辭職是對的。」

看厚子發自真心地這麼說，裕輔好感動。

「那我也要問阿裕，你是不是討厭當上班族？」

「也不會啊！」

「可是我覺得你現在看起來比較開心。」

「嗯，也是啦！不過這是失業以後才發現的，覺得也許我更適合待在家裡。」

「我每天早上去車站的路上，都會遇見麵包店的阿姨，因為她都會出來打掃店門口。然後啊，她會笑著跟我打招呼，可是眼神就是一副很同情的樣子，臉上寫著『妳真辛苦』、『別喪氣』。」

厚子把眉毛皺成八字眉，嘆著氣說。

「我這邊的更厲害，我可是得到了《戰勝逆境的五十大名言》。」

裕輔說出公園裡的事，拿書給厚子看。「啊哈哈！」厚子捧腹大笑。

「是哦！原來我們夫妻都被這個社會誤會了。」

「性別觀念是根深柢固的。」

這時，電話響了。正心想會是誰呢？一接起來，是母親從老家打來的。真是說人人就到。「裕輔啊，我聽你姊姊說……」母親劈頭就問。裕輔已把公司倒閉的事告訴姊姊，所以母親一定輾轉得知了。

「真是辛苦你了。還好吧？可別勉強自己哦！」

聲音溫柔得像輕撫嬰兒的肌膚。母親在咒罵經濟不景氣、批評自民黨、安慰兒子千萬不能氣餒之後，說：「我叫你爸來聽哦！」把電話交棒給下一位。

裕輔幾乎沒有在電話裡和父親說過話。雖然每個月都會打一次電話回家關心，但接電話的都是母親。也不是和父親的感情不好，但父子之間就是這麼一回事。

「咳咳。」聽筒的另一端傳來清喉嚨的聲音。「哦，裕輔啊！」聽得出聲音裡帶著刻意裝出來的鎮定。

「真是無妄之災。」

「嗯，是啊！」

「你有去就業輔導中心嗎？」

「沒有。」

「是嗎？沒有啊！不過，也不必急。年過四十找工作好像不容易，不過你才三十六，一定找得到的。」

「嗯，是啊！」

「你有積蓄嗎？」

「多少有一點。」

「要是有困難，儘管開口。爸媽現在是靠年金輕鬆過日子，只要金額不是太大，隨時都湊得出來。」

「嗯，謝謝爸。」

出現了片刻的沉默。因為平常不習慣這樣的對話，彼此都有些緊張。

「人生漫長，難免會遇到這種事。」父親以正經八百的語氣說。「一路上不可能都是陽光普照，也會遇到暴風雨的夜晚。但是，雨總會停的。總有一天，你的天空一定會放晴。」

「嗯，是啊！」

裕輔邊回答，一顆心也懸了起來。父親為了兒子搜索枯腸想出鼓勵的話，雖然做父母親的一點都不了解孩子，但還好有父母在。

「這個國家不會有人餓死，所以你別悲觀，要抱持著樂觀的心態。也沒有必要堅持待在現在的領域，人間到處有……」

嗚！又來了。裕輔全身緊繃。

「青山。」

鬆了一口氣。父親沒有唸錯，是「sei-zan」。不愧是退休教師。

「人間」指的是人世間，「青山」則是墓地。所以「人間到處有青山」的意思是「人世間不管走到哪裡，都有埋骨之所」。

父親說：「我想和厚子講幾句話。」裕輔便把聽筒交給妻子。

「哪裡哪裡，怎麼會。」厚子客氣地說。「我本來就在考慮要二度就業了。」只見她躬著身解釋。掛斷電話之後，她聳聳肩說：「爸爸向我道歉，說讓我吃苦真是對不起，一定會叫兒子負起一家之主的責任。」

「啊，是嗎？」裕輔忍不住笑出來。

「阿裕，你會負起一家之主的責任吧？」厚子彎起嘴角笑了。

「那當然，要不要連妳的便當也一起做？」

「啊，要！公司附近的店每到午餐時間都大排長龍，沒辦法好好吃飯。」

「那可以帶醬燒牛蒡、炸雞塊、高湯蛋卷，家裡還有青花菜……」他扳著手指數。

「啊！對了，高湯已經用完了。趁晚上先做起來吧！」裕輔站起來。

「那我可不可以先去睡了？好累哦！」

「當然可以。」

「呵呵，我覺得我好像討了老婆，真想向大家炫耀一下。」

厚子像印第安人似的把手放在嘴邊輕拍，讓呵欠發出「呼哇哇哇」的聲響，接著走進臥室。

裕輔站在廚房裡，在長柄鍋內加了水，把洗好的昆布放在鍋底。

這時電話響了。這次又是誰啊？一接，是山科部長。他隨便打過招呼，便如連珠炮般激動地說：

「抱歉這麼晚打電話給你，發生緊急狀況了。原田那傢伙打聽到我被奈司商事挖角的消息，自己也跑去毛遂自薦。」

哎呀，這樣啊！裕輔皺起眉頭。自己是基於「你可以去和部長聯絡看看」才告訴原田的啊！

「他拉業務二組的人一起去毛遂自薦，反正就是打定主意和我們競爭就對了。」

「呃……我們？」裕輔睜大了眼睛。

「我要籌畫緊急應變對策。明天早上十點，在新橋第一飯店的咖啡廳集合，我要帶五個人過去，你也是其中之一，但是我沒把原田算在內。如果不是嚴重的事情，你很少發脾氣吧！這一點我很欣賞。」

「呃，那個……」

「條件不差，對方答應給我們以前年收入的八成做為基本條件。再來就看我們的努力了。如果能在業績上有好表現，在公司內部獨立出來也不是不可能，這麼一來，我們就是業務團隊了。這可是千載難逢的好機會，千萬不能錯過，你說是不是？」

「嗯，對，是啊……」

「那麼明天見了。我也在考慮要不要直接殺到奈司商事去，所以你要穿西裝，打扮得正式一點再過來。」

還不知如何回應，電話就被掛斷了。裕輔望著手裡的聽筒。

好吧——嘴裡喃喃地說，雖然也不知道有什麼好的。

水開了，把火轉成中火，鍋裡的水快溢出來時將昆布取出，接著加入柴魚片，以小火煮三分鐘後熄火，讓整張臉沐浴在瀰漫的水蒸氣中。嗯，好高雅的香味。

稍微靜置之後，在準備好的篩子上鋪上廚房紙巾，過濾高湯到大碗裡。再來只要等冷卻後裝進保特瓶，放進冰箱冷藏即可。

順便把明天會用到的食材該洗、該切的都先準備好。青花菜不保鮮，最好是當天買當天煮。

翻找冰箱時，從裡面翻出片裝巧克力，是之前買來準備加在咖哩內的。為了怕被昇太吃掉，所以藏在冰箱裡。

突然間靈光一閃——把燙過的青花菜整顆淋上巧克力醬如何？

打開便當看到有巧克力，昇太一定會雙眼發亮，然後大口咬下——卻發現裡面包的是青花菜。

哈！光是想像，裕輔就忍不住竊笑。

豈有不試的道理？這可是父子間的戰爭。

再一次起鍋煮滾了水，讓一只小碗浮在水中，在碗裡放進剁碎的巧克力，巧克力立刻變軟融化了。

可可的香味在鼻尖騷動。他想，把這裡當青山也不錯。

# 來我家吧

家においでよ

# 1

妻子仁美一離開家，房子就像抽光了水的游泳池似的變寬敞了。因為她把自己的家具搬去新家了。

說到她的新家，是岳父所擁有的一間位於港區的投資用公寓，據說是在高樓層，可以看見東京鐵塔。房客正好合約到期，搬了出去，仁美的娘家便說：「分居的話就去那裡住。」而把房子讓給她住。以前聽她提過，那裡是超過七十平方公尺的一房、一廳、一廚、一衛。不用付房租，薪水可以自由運用，仁美一定會盡情地在那裡發揮她對室內設計的熱情。想必她會以顏色和質材做整體設計，把房子弄得像家具店的展示間一樣。仁美的工作是在一家很有名的家電廠商當工業設計師，設計外表時尚的吸塵器、微波爐等商品。

另一方面，田邊正春則是三十八歲的平凡業務員，專門賣童裝給百貨公司。在工作方面，沒有什麼值得一提的。當初在泡沫經濟崩壞所造成的就業困難中，好不容易才擠進這家服飾公司。

結婚之初，兩個人都很高興，直說：「等有了小孩之後，就可以用便宜的價錢買到童裝了。」沒想到卻因為仁美想創業的雄心，做人計畫一直往後延，結果連小孩都還沒出生就分居了。沒有直接做出離婚的結論，是基於四面八方的親友相勸：「都結婚八年了，還是先冷靜一段時間再決定比較好。」他們之間並沒有外遇、暴力或經濟等嚴重的問題，所以兩人決定從善如流。

只是，正春實在無法爽快地送走妻子，所以請她在他出差那三天把東西搬出去。她倒是遵照約定，從地毯到馬克杯，凡是自己選的東西全部帶走，留下空盪盪的房子，唯有回音特別大。電視和兼具傳真功能的電話，正春明明也有出錢……不過冰箱、洗衣機和床都留了下來，所以就當作扯平好了。雖然那些東西會留下來，可能只是因為對設計十分挑剔的仁美不喜歡罷了。

這間位於世田谷經堂的出租公寓面積約六十五平方公尺，兩房、一廳、一衛的格局，現在唯有冷清可以形容。客廳裡什麼都沒有，臥室只有一張大大的雙人床，三坪的和室則變成儲物間。

無論如何，睽違已久的單身生活再度開始了。可以無所顧忌地放響屁，上廁所不用關門，因為沒有窗簾，所以早上自然早起——

分居後的第一個星期六，正春決定去買生活用品。平常日因為不斷加班，回家也只是睡覺而已，但往冬陽西斜的客廳木地板上一坐，會讓人很想要窗簾和沙發。

他不打算挑什麼獨樹一格的名家之作，便開車到車程十分鐘的大型超市去。那裡的客人多半是攜家帶眷，孩子們在各樓層間跑來跑去。看不起大眾化商品的仁美不會靠近這種大型超市。

他首先在寢具樓層挑選窗簾。仁美在的時候，他們家掛的是淡綠色的窗簾。當初買的時候他也同行，所以知道訂購的時候要告訴店家窗框的大小尺寸。最近無論哪戶公寓的窗戶，都不適用日式傳統建築既有的一般規格。

心想該選什麼顏色好呢？結果選了最安全的米色。因為牆壁是白色的，地板是茶色的，選中間色應該不會出錯。由於房子位於東南方的邊間，窗戶很多，他又選了遮光性高的布料，因此窗簾全部做好需花費二十萬元。

接下來是地毯。以前鋪的是白底綠圓點花樣的地毯，看起來是很漂亮，但仁美怕弄髒，不准他躺在上面，讓他對那張地毯深感不滿。

猶豫了半天，最後選了整面暗紅色的伊斯蘭圖樣地毯。客廳差不多有五坪大，但沒有必要全部鋪滿，因此他選了兩公尺見方的地毯。價錢是三萬元，他很滿意，認為很划算。送貨時間一樣都是一週後的星期六。

買完這兩樣東西就已經花了兩個小時，正春覺得很累。這段時間一直站著，而且可能因為不常買東西，所以不自覺地緊張吧！他決定吃個遲來的午餐，順便休息。最上面的樓層是美食街。

一到那裡，只見坐滿了攜家帶眷的家庭，而且小孩子吵得要命。正春嘆著氣，心想這地方來不得，年紀老大不小的男人一個人在外面吃飯，實在不像樣。對了，從今以後就是自己一個人了，也得考慮一下自行開伙。電鍋和鍋子之類的用具，仁美都帶走了，家裡現在只剩茶壺。

他決定忍耐著飢餓，到下一個樓層的廚房用品賣場去。該買什麼心裡雖然沒譜，但總之先買了較小的平底鍋和長柄鍋，也買了一組一眼就看上的茶杯組。雙手提著這些，再度回到家具樓層。該挑戰今天最大宗的物品——沙發了。既然要買，就要買可以橫躺的三人座沙發。之前家裡用的是一套昂貴的義大利沙發，裹著黑色真皮的外觀是很酷沒錯，但靠背很低，他不喜歡。而且扶手部分是不鏽鋼管，不能把頭枕在上面。

賣場裡展示了幾套相對較便宜的沙發，但都勾不起正春的興趣。大型超市就是大型超市，賣的商品價位會配合相應的客層。

他認為不必急著買，便決定再多看幾家。記得環七快速道路邊應該有一家大型的家具連鎖店。

在路上看到拉麵店，便先進去解決了午餐，再到那家家具店去。在停車場停好車入內，發現店內商品類型之豐富讓他大吃一驚，寬敞如體育館的明亮樓層裡，頗具品味地展示著各式家具。正春慢慢逛，看到喜歡的就試坐看看確認軟硬度和觸感。賣場裡還有各家製造商的型錄，他就地翻閱。

對嘛，拿型錄回去慢慢看也是一個辦法啊！於是他將型錄蒐集起來，一下子厚度便直逼雜誌。

逛了一圈，沒有看到滿意的沙發。雖然有好東西，但價錢實在不便宜。他的預算是五萬元左右，這下該怎麼辦？

正春決定先暫緩。手裡有很多型錄，而且既然要買，就要選滿意的。家具一買就不能隨便換了，反正明天還有時間。

既然都來了，便到燈飾樓層買了一盞燈，是那種有燈罩、造型很正統的檯燈。仁美偏愛間接照明，但選的都是硬邦邦的設計，感覺沒有一絲溫暖。他想，在重點處放一盞檯燈，弄成像伍迪．艾倫電影裡會出現的那種暖色系客廳也不錯。房子就是要能讓人好好放鬆休息才對。

回家前，他在書店買了幾本室內設計雜誌。仁美看的他也看過幾眼，不過自己主動花錢買還是第一次。

晚上在自家附近的連鎖店「熱騰騰便當亭」買了豬排便當，在客廳邊吃飯邊細讀雜誌。因為沒電視，就打開迷你音響放爵士樂來聽。雜誌極有參考價值，現在他連室內空間不大時，應該要選較矮、較淺的沙發都知道了。

正春慶幸自己沒有倉卒決定。家具還是應該精挑細選。

明天再到遠一點的地方去看看吧！預算也可以重新考慮。先前為了買房子所存的錢大概有幾百萬，這筆錢暫時還沒有用處。

新買的檯燈溫暖地照亮了冷清的室內。

星期天開車到新宿，從丸井百貨的「In the Room」開始逛。客層幾乎清一色是年輕夫妻或約會中的情侶，一個男人置身其中不免感到有些格格不入。不過，不能因此氣餒。一看到符合條件的沙發，正春便手拿量尺，測量沙發放在客廳之後與牆壁會有多少距離，接著將它記在筆記本裡。或許是他看起來一副真心想購買的樣子，店員積極前來招呼。說出自己希望的條件後，店員便熱心為他介紹。

但是即使如此，還是沒看到具有決定性優勢的沙發，因為一直等不到心動的感覺。倒是有一張購物計畫之外的餐桌讓他一見鍾情。那是一張獨腳的圓桌，就是所謂的咖啡桌。展示中用來搭配的椅子也很棒，椅腳是不鏽鋼管，坐墊部分是鮮豔的紅色，尺寸廚房應該放得下。有了桌椅，就不必在地板上吃飯了。

他當下便決定要買餐桌和兩張椅子。一共要價六萬元，但他一點也不心疼。這才叫「緣分」哪——正春自言自語。真希望找沙發時也能有這樣的緣分。

指定好下個星期六送貨後，便直接移師到伊勢丹和三越。因為工作的關係，他常到這兩地的童裝賣場，但家具樓層則是第一次。

不愧是一流百貨公司，進的全都是名牌。如果是仁美來逛一定會雙眼發亮，但那價錢真是嚇人。對於宣稱「可以用一輩子」而愛買舶來品的仁美，正春總是抱持懷疑的態度。當時的看法又未必是正確的，就像發誓相愛相守的兩人都會離婚一樣，人總是善變的。

無印良品他也去了。他不太欣賞這個品牌的「原色信仰」，但對於他們的家電製品的簡約頗有好感。仁美老是把他們當作對手。他拿了型錄，以備日後購買必需品時可以派上用場。

接著他到東急手創館，人雖多，但那種什麼都有、什麼都賣的氣氛頗具舒緩人心之效。他覺得這種地方才是自己的地盤，不禁想起了二十多歲的單身時代，在出社會的同時，搬離了位於神奈川縣的老家，當時系統家具就是在東急手創館買的。還記得那時自己用不鏽鋼架和柱子組了一整面牆的櫃子，上面擺唱片和音響……

對了，下次回老家一趟，把沉睡在倉庫裡的三百張唱片接回來吧！當初是仁美說

「沒地方放」，才害他百般不捨地送回老家。既然這樣，唱機也非買不可了。進入CD時代之後，就把以前的丟了。

要買的東西好多啊！正春沒來由地高興起來，年底的獎金都還沒花呢！

在這裡也沒遇到喜歡的沙發，但他並不失望，因為他找到用來收納唱片再適合不過的架子了。那是磚紅色的木櫃，價錢不貴，卻很有質感，而且櫃子沒有高到會擋住窗子，這點也令他很滿意。他順便連書櫃也一起訂了。書櫃也是同樣的設計理念，不會很深，所以不會有壓迫感。

仁美向來不准正春在客廳裡擺書櫃。她的說法是正春喜愛的推理小說書背的設計品味太差，會破壞室內的整體設計。仁美喜歡把書和花瓶、裝飾品一起擺在一整面的架子上。書也是室內設計的一部分。

他錯過了午餐，所以下午兩點多買了麥當勞套餐，坐在車子裡解決。

還是自己煮比較好吧！正春邊拿薯條往嘴裡塞邊想。婚前他完全是外食族，但他已經沒有勇氣單獨走進自家附近的定食店了。雖然附近有經常光顧的蕎麥麵店，但若是去了，老闆內心肯定會納悶妻子怎麼沒有一起來。儘管以往沒有夫妻兩人一同敦親睦鄰的習慣，但以後恐怕更無緣了。

好，買電鍋和微波爐吧！正春決定回無印良品。看樣子今天也找不到沙發了，空手而回多少會讓人失望，他想要有可以帶回家的戰利品。

結果他在無印良品待了一個多小時，連餐具和廚房用具都買了。

後車廂塞滿了大包小包，疲勞感頓時湧現。

但這是一種令人舒暢的疲勞，沒想到買東西是這麼愉快的一件事。

## 2

星期六到了，訂購的商品從一早便一一送達。正春先掛起窗簾，在客廳鋪好地毯。光是這樣，房間就不再有回音，冷清的寒意一掃而空。接著，又讓唱片櫃和書櫃面對面靠牆擺好，把昨天下班時順路買的三個小盆栽擺上去，感覺好像交了三個新朋友。仙人掌就像森林裡的小精靈。

馬上就把書排上書櫃。塵封在壁櫃裡的推理小說和累積了十年份的《Recorder

Collector》雜誌上架之後，書櫃立刻顯得色彩繽紛，整間房子都鮮活了起來。真想趕快把唱片也擺上去。

餐桌和椅子放在廚房，大小剛剛好，正春獨自雀躍不已。在桌子正上方掛盞吊燈吧！再買條桌巾，晚餐要在這裡吃。

下午他便飛車回川崎的老家，好搬回他的唱片。出來迎接他的母親一臉不悅，問他：「你還沒跟仁美和好？」

「我看很難吧！」正春事不干己地回答。他含糊應付試圖以各種方式向他說教的母親，把倉庫裡裝滿唱片的紙箱搬了出來，順便帶走沒有人用的小型電視、吸塵器和老式的小書桌。他準備直接去買唱盤，回去就接上迷你音響的喇叭，晚上就來聽懷念的黑膠唱片。

「阿正，你要走了？不吃完晚飯再走？」母親問。

「現在才兩點啊！我有很多事要忙。」

正春逃也似的離開了老家，只不過身為長男，仍不免有些內疚。

他到川崎車站前的大型連鎖電器行 YODOBASHI CAMERA 物色唱盤。種類比他預期的多，在取捨時讓他花了一番工夫。雖然便宜的機種也沒什麼不好，但乾脆湊齊一整套高級音響，重溫欣賞音樂的興趣又何妨？

正春從國中時代就是搖滾少年，年輕時的零用錢大多都用在買唱片和ＣＤ上。ＣＤ他也有五百張。因為空間不夠和仁美的阻止，他一直屈就於迷你音響，但其實內心懷抱著想聽真正的好聲音的願望。

他向店員請教意見，一說自己有三百張唱片，對方便說：「那麼還是選好一點的比較好。」店員建議的是售價高達七萬元的國產品。

「即使沒辦法一次買齊，也可以考慮慢慢升級，像是下次買音箱，再下次揚聲器，最後買ＣＤ唱機。」

這句話讓他頗為心動。都已經是大人了，也有固定的收入，他越想越覺得自己有資格買一套像樣的音響。無論如何，買便宜貨來充數的計畫改變了。

「不管要買什麼，先來試聽一下吧！」這個提議他接受了。爵士鋼琴演奏於是在賣場飄揚。

正春好感動，那簡直就像現場演奏一般。對對對，就是這個，自己嚮往多年的，就是用這樣的音質來聽喜歡的音樂。他的情緒越來越高昂。

試聽的那套音響總額超過五十萬元。五十萬啊！他不禁嘆了一口氣。倒也不是買不起，再怎麼說，都有那筆原本打算買房子的資金。

「我考慮看看。」說完，他在店內逛。看著薄型液晶電視和立體環繞音響，對現代的尖端科技大感訝異。原來在不知不覺間，世界已經進步這麼多了啊！相關用品沐浴在照明之中，閃閃發光。

自己一直過著往返於家裡和公司的生活，為了將來可以擁有自己的房子努力存錢。就算偶爾奢侈一下，也只是夫妻倆一起到外面吃飯或是國外旅遊，這些都是會不見的東西。日常生活總是很簡單。仁美也許生活在她喜愛的室內設計裡，但正春卻不是。他希望平常能在喜愛的書和ＣＤ、唱片的包圍中度過。

他在這層樓的一角看到音響櫃，對其中一個櫃子一見鍾情。看來十分堅固的木板以黑色的支柱支撐，他想像在櫃子裡放上音響，擺在房間裡的樣子。

一看標價，要價八萬元，果然是一分錢一分貨。

他做了一個深呼吸。要買嗎？一整套——

自己既不打高爾夫球，也不賭賽車、賽馬，酒和麻將都僅止於作陪。這樣省下來的錢應該不只一、兩百萬。

他快步回到音響賣場，找到剛才那位店員，告訴店員他有喜歡的音響櫃，問包含櫃子在內全部可以給什麼樣的價錢。

店員給的價錢比定價少三萬元左右，不愧是量販店。

「我要買。」正春強而有力地說。啊——啊，買下去了！心中另一個自己在取笑他。

只有唱盤有現貨可以讓正春當天帶回家，其餘的最快星期二早上送到。他決定找個理由下午再去上班，因為不想等到週末了。

突然間，他很想聽唱片，便決定回家，把不知有多少年不見天日的 THE POLICE 的「SYNCHRONICITY」專輯放在轉盤上。

回家前，他繞到超市買了好幾種食材及煮好的豬排，想做豬排丼。這星期他靠說明書學會了如何煮飯，內心湧現出一個人也能生活下去的自信。這樣就不必再為要到哪裡解決民生問題而煩惱了。

這天，正春一整晚都在聽唱片，懷念的情緒讓他差點流下淚來，看著歌詞唱了好幾首 JOURNEY 樂團的歌。好一個愉快的週末夜。

星期天，他跑遍了澀谷和代官山的家具店，仍舊沒有找到滿意的沙發，但光是尋找本身就是一種樂趣，因此他絲毫不以為苦。

他看上一盞可供廚房餐桌使用的立燈，便買了下來。那盞燈拉了一道弧線垂掛下來，有如深海魚掛在自己面前的燈一樣。

他想在和室做點變化，便買了像紙燈籠那種可以直接放在地板上的照明，還買了一張玻璃茶几。此時又發現高約一百公分左右的矮書架，便一口氣買了兩座。這麼一來，所有的書應該都有地方放了。

光這個週末就花了七十萬元，但他幾乎沒有絲毫內疚，因為他已下定決心，等買齊了想要的東西就把車賣掉。他的車是出廠三年的福斯 GOLF，應該可以賣到八十萬元。再說，這麼一來還可以省下每個月三萬塊的停車費。

反正又沒地方要去，待在家裡才開心。

那天一下班，同事酒井便找他去喝酒。

「嗯？我不去了，我有書還沒看完。」

正春縮起脖子拒絕。他現在實在沒什麼想出門玩樂的心情。

「偶爾一次有什麼關係？你這陣子每天都直接回家不是嗎？反正回去也是一個人吧？你上次不是才說你老婆把家具都帶走了？」

酒井語帶不滿。這人最愛喝酒、打麻將了。

「我最近慢慢補齊了。沙發還沒買，不過像餐桌啊、櫃子什麼都有了。」

「哦哦，你已經一路往單身生活邁進了嗎？你可別說你還自己煮飯哦！」

「哦，我是自己煮啊……」

「真的假的？」酒井眼睛睜得好大。「你會煮飯？」

「不行嗎？」

「啊，不是不行啦……該怎麼說？感覺就很淒涼啊……」

「三十八歲的男人一個人去外面吃才淒涼吧！煮個味噌湯、烤個魚，感覺還滿充實的呢！」

正春隨口應付，準備回家。酒井似乎更加不滿，要求他說真話。

「其實，我買了一套全新的音響，順便也買了十年沒碰過的唱盤。從老家把三百張唱片搬回來以後，因為太懷念了，每天晚上都拿出來重聽。」

「哦，真好。這就是一個人住的特權啊！」酒井抓著脖子。

「可不是嗎？我住的公寓就只有隔音效果特別好，音量稍微大一點也沒關係。有時候會聽到以前沒注意的音效，像是鈸啊，就會很開心。」

「我可以去嗎？」酒井問。

「去我家？」正春一時不知如何回答。「呃，這個，可以啊……」

「在路上買個啤酒跟烤雞串什麼的，到你家去喝吧！」

「好像大學生啊！」

正春苦笑著穿上大衣。酒井和他是同期進公司的，平時笑鬧不忌，家又住在同一區，實在沒有拒絕的理由。兩人結伴離開公司，二月的寒風自大樓間的空隙颳了過來。

兩人在小田急線經堂站下了車，到車站前的超市買吃的。他們買了烤雞串和綜合生魚片。「反正比在店裡喝省得多，不如吃好一點。」酒井這麼說，又買了鮪魚肚生魚片。

走五分鐘到了公寓，進屋裡開了燈後，酒井發出「哦哦」的驚嘆聲。

「原來你過得很好嘛！我還以為你會因為老婆跑了，而每天過得很頹廢哩！」

「隨你說吧！」

「哇，真不賴，還用檯燈來照明！你品味不錯嘛！」酒井指著燈罩說。

「因為還沒買沙發，你就忍耐點，坐地板吧！」正春拿坐墊給他。

「已經夠好了。」

「我找了很多地方，都找不到中意的。」

「這樣就很好了啊！」

酒井立刻來到音響前仔細打量。「哦，怪不得。」接著直接用膝蓋滑到唱片架前，檢視唱片。

「喂，你竟然有 TALKING HEADS（臉部特寫合唱團）！還有 DONALD FAGEN（唐諾・費根）。天哪！LOVER BOY（愛情少年合唱團）的『GET LUCKY』！那不是我們國一時的一片樂團嗎？」

「原來你也知道他們啊？」

「那當然！我可是抱著收音機長大的。放來聽、放來聽！」

禁不起酒井的要求，正春打開音響的電源，播放唱片。酒井嚷著：「哦哦，好懷念。」高興得整張臉都皺在一起了。這段期間，正春已熱好日本酒，把買回來的菜盛盤，擺在客廳剛買來的那張玻璃茶几上。

「真不錯、真不錯，以後就在這裡喝吧！順便找木田和加藤一起來吧！他們也是搭同一條線的。」

「呵呵，好啊！」

兩人邊聽唱片邊聊。沒想到酒井竟然是個超級樂迷，以前大聊搖滾的事不是沒有過，但都沒有如此深入。

「你的唱片呢？」正春問。

「當然是放在院子的組裝式倉庫裡。怎麼可能有地方給我放啊！」

酒井買的獨棟房子位在郊外的新興住宅區裡。小孩分別上小學和幼稚園的他，被房貸和教養費壓得喘不過氣來。

「田邊真教人羨慕，有自己的房間。」酒井伸長了雙腿說。

「別傻了，我可是淒涼的孤家寡人哪！」

「喂，下次我把我家的唱片帶來，我們放來聽吧！我有 EURYTHMICS（舞韻合唱團）和 NEW ORDER（新秩序合唱團）的哦！」

「哦！原來你喜歡那一種的啊？」

「我有的可多了，以前也好愛 SCRITTI POLITTI（官樣文章合唱團）。」

「我有啊！」

「真的嗎？」酒井立刻興奮起來。「在哪裡？在哪裡？」

正春從架上拿出唱片，放在唱盤上。

「哦，原來 SCRITTI POLITTI 的聲音這麼好啊！」酒井大為感動。

「可不是嗎？我們以前聽音樂的設備都是家庭用的便宜貨。也就是說，過了二十幾個年頭，我們才第一次聽到他們真正的聲音，所以我這陣子聽音樂聽得入迷。」

「好好哦！」酒井像個孩子般羨慕。

日本清酒換成了燒酎，兩人用水兌來喝。和同事談公司以外的事談得這麼盡興，這還是第一次。兩人一邊翻過期的音樂雜誌，一邊叫著：「這本我也有、我也有！」熱烈地話當年。

酒井一直待到快十二點才搭最後一班電車回家。

隔了兩天，他還真的帶著自己的唱片去公司。

## 3

尋找沙發之旅依然看不到終點。正春甚至逛起網路上的拍賣網站，但還是想欣賞實物，所以有空時便往東京都內的家具店跑。

這段期間內，ＣＤ增加了。原本就喜愛音樂的他，這下更是變本加厲，一一添購八〇年代的搖滾樂ＣＤ復刻版。ＣＤ音響也換成高級機種，每一張ＣＤ聽來都無比新鮮。全新數位混音盤甚至連音質的顆粒都聽得出來。

「可惡，我也想要一間 audio room！」

酒井每星期會來三次。年紀相近的木田和加藤也來了，稱讚他對房間的品味，入迷地聽著音樂。

「下次我把我家多的暖桌捐出來，放在和室打麻將。」

酒井這個提案，讓同樣有妻有子的木田和加藤雙雙贊成。當然，正春也沒有異議，只覺得大家很像那些把同學的宿舍當成基地的大學生。

如此這般，當他的搖滾魂復甦之後，這次是想要家庭劇院的設備，原因是這幾年來，他蒐集了許多音樂方面的ＤＶＤ。從老家Ａ來的十四吋真空管電視無論看什麼都覺得寒酸。在 TOWER RECORD 唱片行的大螢幕看到的「LIVE AID」演唱會ＤＶＤ是多麼震撼人心，拿回家卻變得像電視新聞一樣，教人失望到谷底。裝投影機或許誇張了點，但至少也要有薄型電視和立體環繞音響。

他蒐集型錄，翻了不少專業雜誌之後，了解到液晶電視比電漿電視更適合自己這種喜愛音樂和電影的人，畫面尺寸則因為房間大小的限制，以三十七吋為宜。立體環繞音響最好是只要前置喇叭就足夠的簡單類型。到家電量販店去詢價，最優惠加起來也要六十萬，實在令人無法當場下手。

在公司裡問酒井的意見，結果酒井竟然雙手合十拜託。「田邊，拜託你買吧！」

「你有沒有搞錯？那是我家的電視耶！」

正春皺起眉頭。這傢伙完全成了下班後的常客。

「我想用那個來看黑澤明的電影。我想看『七武士』看到爽。」

酒井搖晃正春的手。的確，自己也很想重看黑澤明的電影。

「我想看齊柏林飛船的ＤＶＤ，前年有出一張雙ＣＤ。」木田從旁插嘴。

「『教父』全三集我都想看。」加藤也加入對話。

三人包圍著他，異口同聲地懇求：「田邊，拜託啦！」這麼一來，自己也不禁開始認為這筆錢值得花了。

「那你們也意思意思贊助一點啊！」正春說。

「沒辦法。」三人立刻搖頭。「我們要付房貸，又有小孩的教育費……」

「你們這群卑鄙的傢伙。」

正春瞪著他們，但心裡得意多於生氣。這些男人每天的娛樂，就是下班回家前去正春的公寓。

「那這樣好了。田邊，你說你想賣車，對吧？我大學學弟有人在從事中古車的生意，我叫他用高於行情的價錢跟你買，這樣總行了吧？」

酒井把手臂環在正春肩上說。

「只多個兩、三萬免談哦！」正春說。

「看我的，包你多個十萬。」酒井一本正經地拍胸脯。

酒井當天便與學弟聯絡，晚上就一起到家裡驗車，真的談到比行情高十萬以上的價錢，據說是當初加購的導航系統加分不少。事情發展之迅速讓正春傻眼。

「好啦，我明天陪你去買吧！週末就是黑澤明電影大會了。」

酒井拍拍正春的肩，正春只有苦笑的分。

但是，他內心卻是充滿期待的。上班族的憧憬——大尺寸電視和立體環繞音響就要進駐自己的家了。

正春的住處開始呈現出「男人窩」的經典樣貌。坐鎮在客廳的是最新型的音響器材和家庭劇院組，一整面牆都是書、CD和唱片，三坪大的和室則有打麻將用的暖桌和寫東西的小書桌。他沒動手改造臥室，只把床單換成深色系，整個氣氛就為之一變。其實他只是討厭白色的髒了會很明顯才換掉的。

不僅如此，他還買了喜歡的樂手的海報，裱框之後掛在空空的牆面上。現在有的是Jimi Hendrix（吉米・罕醉克斯）和巴布・狄倫的照片。仁美要是還在，一定氣得跳腳，絕不可能讓這些東西掛上去。他得意之餘，連松田優作的海報也掛了上去。

「這裡真是讓人樂不思蜀啊！」

酒井等人已經完全成為常客了。來這裡比去外面吃喝玩樂經濟得多，因此酒和吃的都是他們帶來的。沙發依然付之闕如，但木田貢獻了電熱毯，加藤捐了四張和室椅，都是他們家裡用不到的東西。

用液晶電視看黑澤明電影，讓四人感動極了。仔細想想，無論是「七武士」還是「用心棒」，正春那一代的人都沒有在電影院裡看過。唱片也一樣，等長大了、負擔得起的時候，才首次得以在符合唱片品質的環境下欣賞。

酒井喝著加了水的燒酎有感而發地說：

「我覺得啊，男人能擁有自己的房間的時期，大概只能持續到沒錢的單身時代。可是，真正想要自己的房間，卻是在年過三十以後——這時候要買多少CD和DVD都不成問題，音響也一樣，雖然貴，想買也不是買不起。可是偏偏這時候卻沒有自己的房間……」

「一點也沒錯。像我，就算買了ＣＤ，也只能在開車的時候聽。」

「不錯了啦！我更慘，只能在上班途中聽 iPod。開車的時候放搖滾樂，會被孩子嫌吵。」

木田和加藤嘆著氣同聲附和。

「你們是一家之主啊！房子是你們買的，竟然連個書房都沒有？回去教訓教訓你們的老婆！」正春在一旁搧風點火。

「別傻了，三房兩廳又能怎樣？連吉他都沒辦法彈。」

「我家是四房，可是老婆說和室要當客房，連書櫃都不讓我放。」

「總而言之，上班族就是把薪水從公司搬回家的工人啦！真想宰了那些六本木之丘的新貴。」

這話說得咬牙切齒，正春忍不住笑出來。

「對了，田邊家的女主人沒有回家的意思嗎？」酒井問。

「沒有吧！」正春聳肩作答。

「我之前一直不好意思問太多，不過你們到底為什麼分居？」

「哪知？我也不清楚。」

「聽你講得跟別人的事一樣。」酒井皺起鼻子。

「我想大概是喜歡的東西不一樣吧！像是半身浴之類的。」

「我懂我懂！我老婆也愛半身浴。我就是喜歡泡熱水泡到肩膀，可是她說不能放兩種洗澡水，硬要我配合她。」

木田扁起嘴點頭。

「還有家庭派對，老實說實在很累人耶！」正春伸個懶腰說。「我老婆每個月都要請她的朋友夫婦到家裡來。我結了婚才知道原來我討厭社交，累都累死了。」

「我家也是。我老婆把孩子寄放在娘家，辦什麼紅酒派對，無聊得要命。假日晚上就是想什麼都不做，賴在家裡看電視啊！」

加藤躺在地上說。

「女人就是喜歡轟趴那一套，所以才會卯起來弄什麼客人用的室內設計。這裡好就好在沒有任何做作的地方，書櫃放不下的雜誌直接堆在地板上，輕鬆得很。」

酒井把那堆雜誌拉過來當枕頭。

「說到這裡，我們這樣不算派對嗎？」木田問。

「這算哪門子派對？不過就是拒絕回家的一群男人湊在一起吧！」

正春冒出這一句，其他三人大笑。

「不過啊，喜歡的東西不一樣，就表示老婆一直對我的興趣和喜好沒有共鳴吧！」

他看著天花板說。

「哦哦，很客觀哦！田邊，你知道毛病出在哪裡嗎？」

「我被她罵過吃東西太快。」

「哈哈！一定都是這種小地方啦！我也是，剛結婚的時候被罵說不要在廚房刷牙，罵了大概有一百遍吧！要是我繼續刷下去，搞不好早就離婚了。」

「夫妻也是外人啦！」

加藤說出冷靜的結論，大家都沉默下來。四個年近四十歲的大男人，各以舒適的姿勢躺在地板上。

夫妻也是外人啊！正春嘆了一口氣，閉上眼睛。

說到這裡，仁美現在在做些什麼呢？腦海裡突然浮現妻子的面孔，之前竟從未想過，正春不禁啞然。

他們完全沒有聯絡，對此他並沒有特別在意，也不覺得失意沮喪。

他內心暗自沉吟。妻子離家已經超過一個月了。

## 4

正春的尋找沙發之旅出現了一線曙光。他在跑業務時，發現目黑路某一段連開了好幾家二手家具店。當時沒時間進去逛，但光是隔著玻璃窗就感覺得出其中的品味。問公司的女同事，才知道那一帶現在正出名，店裡擺的都是用久了、風格獨具的家具，他立刻決定星期六跑一趟。因為車子賣了，所以用計程車代步。

一逛才發現好東西的確不少。令人雀躍的是，那裡的東西不是陳列得高雅別致，而是像倉庫般塞在一起，讓他有種尋寶般的心情。

他立刻在第一家店裡找到候選品項。焦褐色的皮革磨損得恰到好處，有種舊皮夾克的味道。那張沙發就像當初他腦海裡描繪的，會出現在伍迪·艾倫電影裡的沙發。十萬元的價格雖然略高，但如今他已經不太在意了。

在第二家，「緣分」終於到了。那是一張火紅色的皮沙發，少見的用色打動了正春的心。既有普普風又特別，而且一量尺寸，和房間正好吻合，更難得的是，除了三人座沙發之外，還搭配一張同樣的單人沙發。價格是一組八萬。他試躺了一下長沙發，自己的身高躺起來剛剛好。

紅色啊，男人配紅色實在需要勇氣……

不過，廚房的椅子已經是紅色的了，在家裡並不突兀。

「那是這個星期才進貨的，是代官山一家咖啡店重新裝潢時換下來的，很划算哦！」

可能是中意的心情全寫在臉上，女店員出聲招呼他。

「這不會太花稍嗎？」正春問。

「不會呀！如果搭配咖啡色系的家具，應該不會那麼顯眼才對。」

正春雙手在胸前交抱沉思著。咖啡色系啊，自己現在的房子正是如此。

「依我看，這組在兩天內就會賣出去了。」店員淘氣地笑了。

「我要買。」

這句話這一個月來正春不知說過多少次。他覺得要是錯過這次的緣分絕對會後悔。

不愧是只賣現貨的個人商店，下午就能送貨。

太好了！這下自己的房間就完成了。他暗自做了一個小小的勝利姿勢，理想的房間就要在今天大功告成了。

週末一過，正春便主動約酒井他們。三人看到紅沙發都睜大了眼睛，然後笑了。

「不錯、不錯，你對室內設計的品味挺不錯的嘛！」酒井稱讚。

「嗯，很棒。要是我們，肯定會選安全的顏色，像黑的或灰的。」

「對，沒想到紅色會這麼好看。」

木田和加藤也很佩服。他們的話聽起來不像客套話，正春打從心裡高興起來，甚至想乾脆來接受室內設計的雜誌採訪。

這天晚上，他們叫了外賣披薩和炸雞，喝了紅酒。電影看的是從 TSUTAYA 店裡租來的「蠻牛」。

「看來看去，還是馬丁．史柯西斯和勞勃狄尼洛這對搭檔最棒。」

「勞勃狄尼洛為了演這個角色增胖二十公斤，後來又瘦回來，也實在有夠厲害的。」

看完之後，大家互相分享自己的興奮之情。過了晚上十點，三人才回家。

正春在浴缸裡放了熱水，泡澡泡過肩膀。自從仁美搬走之後，他一直都泡全身浴。

然後他躺在沙發上，邊聽音樂邊看書，電話卻響了。一看牆上的時鐘，已經十一點多了。

他心想會是誰呢？一接起來，原來是酒井。

「不好意思，我現在再去你家一趟，方便嗎？」酒井的聲音聽起來很嚴肅。

「幹嘛？出了什麼事？」

「方便嗎？我不會佔用你的時間，在門口五分鐘就好。我坐計程車過去，三十分鐘就到。」

酒井沒頭沒腦地這麼說。

「怎麼回事？你說清楚啊！」

「詳情待會再說，反正我現在過去。」

酒井說完就掛了電話。正春皺起眉頭，呆站了好一會兒。

會是什麼事呢？是來借錢嗎？不，如果是借錢不會那麼急。不過，酒井是從哪裡打這通電話的？

再怎麼想也想不通，但可以確定的是，他要說的不會是什麼好事。酒井的語氣聽起來很陰沉。

過了三十分鐘，對講機響了，確認是酒井之後，開門讓他上來。一分鐘之後，門鈴響了，正春穿著睡衣就去開門，出現在眼前的是臉色凝重的酒井和一個女人。

「抱歉。這是我老婆順子，你見過一次吧！在我的結婚典禮上。」

酒井壓低聲音說。他妻子鐵青著臉，嘴巴緊閉著，不肯看正春。

「呃……妳好。」

正春決定先打招呼再說。

「順子，喏，這是跟我同期的田邊。這樣妳總相信了吧？我就是跑到他家來玩。」

酒井對妻子低語。「今天晚上、上星期五還有星期三都是。正確是哪幾天我記不清楚了，不過上上星期五也是。」

酒井的妻子眼裡含著淚，一看就知道他們夫婦剛吵過架。

「好，既然都來了，就看看裡面再走吧！田邊，抱歉，讓我們進去一下。」

「噢，好啊……」

正春迫於他的氣勢，請他們進屋。酒井拉著妻子走過走廊。妻子踢掉涼鞋，被拉得幾乎快往前撲倒。

他們進入裡面的客廳。「妳看，我剛才就是在這裡。順子，妳看仔細了，很棒吧！這裡有最新的音響設備、有三十七吋的液晶大電視，連立體環繞音響都有了。」酒井像連珠炮般一口氣說完。「家具也好、照明也好，都很時髦吧？這是單身貴族夢想的房間啊！地方不大反而是優點，不管要什麼伸手就拿得到。我每次待在這裡，就會想起年輕的時候，好像回到了學生時代，好開心，好高興，所以每天晚上都不請自來。」

酒井的妻子嘴唇顫動不已，感覺是拚命忍著不讓眼淚掉下來。

「田邊，對不起，我臉皮太厚了。」酒井向正春行了一禮。

「你在說什麼？我沒關係啊！而且今晚是我找你們來的。」正春連忙搖頭。

「事情就是這樣，都怪我沒有好好跟妳說清楚。」酒井推推妻子的背。「妳先到下面等我。」

酒井的妻子雙手在身前交握，彎腰行了一禮，頭髮垂落下來。她跑到走廊上，直到最後都不發一語。

酒井用力吐了一口氣，猛抓頭髮。「抱歉。你都看到了，就是夫妻吵架，丟臉丟到你家來了。」他眨眨眼，繼續說道，「我鄰居太太有好幾次看到我下班路上在經堂站下車，就跑去跟我老婆說。八卦當然要像樣才精采，所以就無憑無據地加油添醋，說我和年輕女人在車站前的超市買東西什麼的。我今天一到家就被興師問罪。我老婆也因為疑心病作祟，搞得精神不太穩定。」

「哦，這樣啊……」

「不管我怎麼說，她都不信，說好好一個大人在同事家裡能幹什麼，又不是女人，每天晚上有什麼好聊的？什麼聽音樂、看電影，一定都是騙人的，害我百口莫辯。」

「噢，這樣啊，她會這麼想也是可以理解啦……」

「可是事實就是如此，所以我就說要讓她看證據。」

「哦。」

「反正，真的很抱歉。」酒井深深行了一禮。

「別這樣，太見外了。」

「下次我會補償你的。」

「不用了啦！真的不用。」正春搖搖手。

「那我回去了。」

酒井轉身，大步走出客廳，經過走廊時，地板還被踩得嘎嘰出聲，然後，玄關的門靜靜關上。正春好一會兒動彈不得。

最後他總算發現音樂播著沒關，趕緊把音量轉小。

以前最愛的史汀正唱著〈SET THEM FREE〉。

## 5

第二天中午，正春和酒井出去吃中飯，因為酒井說要請客。他們在烤鰻魚店裡面對面坐下來，酒井的脖子往左右歪了歪，露出一絲苦笑，臉上是那種如釋重負、雨過天青的表情。

「我老婆終於想通了，慚愧得不得了，還沮喪得要命，說再也沒有臉見公司的人了。」

「沒這回事啦！你跟她說，叫她別放在心上。」

正春體諒地說。他絲毫沒有不愉快的感覺。

「謝謝，我會的。很多事情等時間久了，就全部變成笑話。」

「啊，我有同感。十年後就成了你們夫妻之間的回憶了。」

「過一陣子，你也來我家玩，得給我老婆一個挽回的機會，她很會做菜。」

「嗯，我會去打擾的。」

兩人點了一瓶啤酒來喝，卡滋卡滋地咬著醬菜。

「我啊，心裡其實是很內疚的。」酒井突然冒出一句。

「內疚？」

「是啊！如果是跟以前一樣，在外面喝酒、打麻將，我會去得理直氣壯。可是下了班去同事家玩，卻有種對不起老婆的感覺，所以我一直沒有跟她說，都騙她說要加班、要應酬什麼的。」

「原來是這樣啊。」

「你看嘛，覺得同事家待起來比自己家舒服，對自己的老婆不是一種侮辱嗎？不過我也是直到現在才能冷靜地分析，昨天以前一直是出於自然反應瞞著她。」

「嗯。」

「然後一說了謊，行為舉止就會露餡，被察覺出有話沒老實說，這時候又聽到繪聲繪影的流言，哪個女人不會抓狂？」

「說得也是。」

鰻魚飯送上來了，兩人默默吃了一陣。後面的桌位不知是哪個中階主管正在對部下滔滔不絕地說著個人的業務策略。

「我覺得啊，打造自己的窩一定是女人的自我定位吧！」酒井說。「男人不能干涉的。」

「嗯，我懂。」正春垂眼苦笑。

「想在家裡有個屬於自己的遊樂場，要不就是自己蓋個大一點的房子，不然就是買別墅，如果沒這個本事就不要想了。買一般住宅是沒辦法建立男人的王國的，那是女人的城堡。」

這話說得很妙，正春聳肩以對，然後感同深受。

也許這兩個月，自己就是沉醉在建築自己的王國裡。仁美搬走之後，他擺脫了束縛，可以毫無顧忌地把想做的事付諸實行。音響和家庭劇院是屬於自己的暖爐，檯燈和沙發是堅守陣地的護城河。

「對了，田邊，你跟你老婆有聯絡嗎？」酒井問。

「沒有，完全沒有。」

「雖然這不是我該管的事，可是你不能就這樣算了。電話該由男人打，搬出去的會有面子問題。」

「你真是思想成熟的大人啊！」

「那當然啊！別看我這樣，我可是一國一城的主人哪！」酒井開玩笑地挺起胸膛。

「那不是女人的城堡嗎？」

兩人同時笑了。不可思議地，心裡覺得好溫暖。

正春決定當天晚上打電話給仁美。對於該用什麼藉口打電話煩惱了三十分鐘卻毫無頭緒，於是決定很簡單地用一句「妳好嗎？」來問候。

在電話前又煩惱了三十分鐘，因為鼓不起勇氣。

可是現在不打，以後恐怕就更不敢打了，於是他用力「喝」了一聲給自己打氣，接著拿起聽筒。

一打過去，仁美在家。

「啊，我是正春，好久沒聯絡了。怎麼樣？還好吧？」

雖然是很疏離的講法，但還好說得很自然，沒有破音變調，正春鬆了一口氣。

「嗯，很好呀！你呢？」

仁美聽起來並不驚訝，態度很平常。

「工作怎麼樣？」

「嗯，還好。」

兩人彼此報告了一些芝麻蒜皮的近況。

「對了，阿正，你買了一台好酷的電視啊！」仁美突然說。

「咦？妳怎麼知道的？聽誰說的？」

「我親眼看到的，因為我還有鑰匙啊！」

「不會吧！妳來過了？」正春臉都熱了。

「大概是兩個禮拜前吧？我換了微波爐，因為我自己設計的上市了。我正煩惱舊的要怎麼處理，就自以為是地認為阿正一定還沒買，不如讓給你好了，所以就扛著微波爐搭計程車過去。」

「我都不知道。」

「當然啦！因為我是平常日的白天去的。我本來想放著之後再留個字條……」她在這裡換了氣，「可是阿正把家裡整個室內的佈置都換掉了，我好震驚，就把東西原封不動地帶回來了。」

「有嗎？震驚？為什麼？」

「因為那裡完全變成男人理想的房間啦！有音響、有家庭劇院，書啊、ＣＤ啊、唱片什麼的都擺了出來，架子上還裝飾了仙人掌……那個打擊比你帶女人去過還大，簡直像把跟我生活的這八年全部否定了。」

「哪有這麼誇張……」

聽正春啞著嗓子這麼說，仁美「呵呵」笑了。

「我啊，其實心裡偷偷期待著家裡會變得亂七八糟的呢！裡面什麼都沒有，廚房裡丟著便利商店的便當空盒，我本來打算要真是這樣，就幫你打掃好再走，可是沒想到卻看到那副樣子。我整個人都洩了氣，摸摸鼻子乖乖走人。」

正春無言以對，因為不知如何是好，只好吸吸鼻子。

「不過，過了一陣子，我也振作起來了。那房間很棒嘛！我還滿喜歡的，讓我想起以前阿正單身時代住的公寓。那時候你也被埋在像山一樣高的書堆、ＣＤ堆或是唱片堆裡。」

仁美懷念地說。正春很輕易就能想像她遙望遠方的神情。

「欸，妳搬出去的原因是什麼啊？」正春問。

「忘了，感覺好像是很久以前的事了。」

「忘了啊……」正春偷偷皺起鼻子。「該不會是討厭我吃東西太快吧？」

「既然知道就改啊！」

「好，我會改的。」

「有一次我們叫外賣壽司，我茶還沒泡好，你就把自己的份吃光了不是嗎？那次我真的很氣。」

「我都說我會改了。」

透過聽筒，聽得出彼此都嘆了一口氣。

「這個週末我可以過去玩嗎？」仁美以輕鬆的口吻問。

「嗯，當然，來吧！」正春頓了三次回答。

「用那個大電視放電影給我看，還有你的高級音響。」

「好。呃，房間要先打掃過嗎？」

「當然要啊！難道你想叫我掃嗎？」

仁美笑罵。

兩人互道晚安之後掛了電話，正春緊繃的肩膀像沙堆倒塌般垮了下來。

他倒在紅沙發上嘆氣。

她週末要來啊！閉上眼睛深呼吸。

過了一陣子，正春彈了起來。有沒有什麼該藏的東西？

有！他買了五張成人ＤＶＤ。

他連忙到臥室去，從床底下拿出來。丟掉太可惜了，他便把外盒抽掉，直接把光碟片放在光碟片收納盒裡，這樣就沒問題了。還有嗎？還有……糟糕！他因為期待會有豔遇，所以換了一套全新的寢具，得換回來才行……

簡直就和單身時代要請仁美來時一樣。

正春一次又一次地檢查自己一手佈置的房子。

# 葡萄柚  怪物

グレープフルーツ・モンスター

# 1

佐藤弘子是三十九歲的家庭主婦，有兩個上小學的孩子，住在東京郊外一幢新蓋的獨棟建築物裡，日子過得平凡而幸福。在知名印刷公司上班的丈夫於今年春天晉升為課長，雖然不能說有多能幹，但深具包容力的個性似乎頗獲信賴。孩子們也很健康，兩個都很活潑，大女兒還在班上擔任班長。

和鄰居的關係也很融洽。因小兒子加入足球隊，讓她一下子認識了好多人。四方鄰居就是主婦的世界，正因為那是唯一的天地，所以更顯重要。

雖然丈夫的薪水供他們生活綽綽有餘，但因為想要多存一點錢，所以弘子找了一份家庭代工。工作的內容是以電腦輸入寄發ＤＭ時的聯絡資料，一份資料七元。因為沒有一技之長，只好接這種工作了。

「好羨慕佐藤太太會用電腦哦！這樣就可以在家工作了。」

在超市站收銀的鄰居太太看到弘子坐在電腦前的樣子，誤以為她的工作很了不起。

操作鍵盤讓這份工作看起來很體面，如果是手寫，感覺一定很淒涼，自己也會提不起幹勁。

把業者送來的名單機械性地一一輸入，名單有時候是學校畢業紀念冊名單的影本，有時候是不知哪家商店的顧客名單。當送來的是一疊問卷時，弘子才知道原來平常隨手填的問卷就是這樣流出去的，不禁有些害怕。

外包這項工作的，是一家名為「Female」的公司。這家公司為孩子還小而不能外出工作的主婦們介紹家庭代工，內容從裝袋到商品試用都有。負責這個地區的是一個五十歲左右的胖子，他每星期會來回收一次磁片，每次都是在門口交易，連閒話也不聊一句。

「佐藤太太很守時，真是幫了我一個大忙。」

這點好話他倒是會說。

能夠耐著性子繼續這份工作，是因為工作可以讓她專心投入，忘了時間。雖然是微不足道的工作，卻也能獲得充實感。有時候會為了急件而搞得暈頭轉向，但如果沒有一點壓力，生活會連一點高低起伏都沒有，反而令人不安。

白天孩子放學回家前，她會在餐桌上擺開陣式，卡嗒卡嗒地敲著鍵盤。收音機一直開著，播放以主婦為主要聽眾的煩惱諮商叩應問答。這樣的生活儘管平淡，但弘子並不討厭，一定是因為她要求不多吧！就快四十歲了，就算想躲也躲不掉，她已經成為一個歐巴桑了。

那天，門鈴的響法很不同。雖然不至於摁得用力一點就響得大聲一點，但總覺得那天的鈴聲聽起來就是很粗魯。

那天是Female的業務會來的日子，但接起對講機一聽，對方雖說他是Female的人，聲音卻跟平常的負責人不一樣。「妳～好——」聲音聽起來很沒禮貌。

弘子拿著裝了磁片的信封，開了門，映入眼簾的是刺眼的粉紅色領帶。一抬頭，站在那裡的是一個年紀還很輕、曬得很黑的男子，頭髮是淺咖啡色的，一副在玩衝浪的樣子，身上還散發出化妝品的味道。

「妳好。」男子隨便向她點個頭。「我姓栗原，從今天起負責這個地區。」他撩起頭髮，甩甩頭。

「啊，哦，你好。」弘子也朝他點頭。沒想到換負責人這件事，前任竟然連提都沒提，看來從事家庭代工的主婦大概就只配獲得這種待遇吧！

「不好意思，可以跟妳借個廁所嗎？」栗原一邊說，一邊用單手拜託。

「啊，好啊！請。」

總不能拒絕吧！所以弘子便答應了。她讓栗原進門，領先走在前面帶路。男子個頭不高，所以她很放心。如果對方是個彪形大漢，不免會讓人擔心有什麼萬一而心情緊張。

栗原上廁所的時候在玄關等也很奇怪，所以她走進旁邊的起居室。因為家裡很安靜，嘩啦啦的尿聲，整個房間都聽得到。這種粗神經的舉動讓弘子覺得很不愉快，既然是當業務的，就應該在公園的公廁裡解決吧！

栗原上完廁所，便咚咚咚地走過走廊，來到起居室，皺著眉說：「天氣好熱啊！」便大剌剌地在沙發上坐下來。他鬆開領帶，像烏龜似的伸長了細細的脖子。

「今天梅雨沒下幾滴，車子又破，冷氣根本一點都不冷。」

他拿手當扇子揮來揮去，張著嘴，露出一副口渴得要命的樣子。

「要喝冰麥茶嗎？」弘子只好這麼說。栗原接著回說：「麻煩妳了！」這才第一次露出笑容。

弘子當下傻眼，這人臉皮還真不是普通的厚。

她不情不願地走到廚房，在玻璃杯裡加了冰塊，倒了麥茶，放在托盤上，回到起居室。栗原正仔細看著電視櫃，以一副熟人的口氣說：「佐藤太太，妳家還在用錄影機啊！」

弘子不知如何回答，便「嗯」了一聲。他的意思是指她家很落伍嗎？

「我們現在正募集DVD錄放影機的試用者，妳要不要試用？」栗原轉身朝向她。「試用三個月，禮金九千元。不過，要問卷全部填好才能拿全額。」

「不用了。」

弘子把麥茶放在桌上，拒絕了他的提議。她不想參與不懂的事情，也不喜歡他說話的語氣和態度。

「為什麼？大家都搶著要試用呢！還可以免費使用最新的商品。」

「可是我又不懂機器。」

「這樣才好啊！廠商就是想知道一般人的感想。」栗原一口氣把麥茶喝光，用手背擦擦嘴，說：「那，這是這次要麻煩妳的工作……」接著就從紙袋裡取出好幾捆明信片。

看樣子是抽獎的明信片。這和只需用眼睛看就能輸入的長串名單不同，還得一張張翻，做起來比較麻煩。

「這一捆是三十歲以上的單身女子，這一捆是四十歲以上的已婚婦女……」

弘子做了這份家庭代工之後，才知道ＤＭ這種東西是怎麼寄到家裡來的。原來隨手寄出的抽獎明信片都會被廠商記錄下資料。

「對了，佐藤太太幾歲了？」

「……三十九。」脫口回答之後，臉部倏地發熱。

「哦，看起來好年輕啊！如果說是三十出頭，大家也會相信。」

聽到這種話，弘子當然一點都不高興。竟然問這種問題，真教人生氣。

「對了，我今年二十九。」

弘子默默接過明信片，遞出磁片。

「這個好像是明年有女兒滿二十歲的家庭名單吧？」栗原問。

「我不知道，我沒聽說。」

「這樣啊，原來在家組只負責打字而已啊！」他把背往沙發一靠，聳聳肩。

弘子第一次聽到「在家組」這個字眼。看樣子，他們在公司內部都是這樣稱呼做家庭代工的主婦的，弘子有種受到歧視的感覺。

「前一任先生怎麼了嗎？」弘子問。

「辭職了吧？我也是這個禮拜才進公司的，不是很清楚。」

這家公司的流動率一定很大。而這個都已經快三十歲才到家庭代工仲介公司上班的人，工作肯定是一個換過一個。

弘子要了收據，說聲：「那就下週見了。」暗示他離開。

「啊，對哦！打擾了。」栗原跳也似的站了起來，蓋住耳朵的頭髮一晃，露出底下的耳環。

這個業務員實在太不像話了。一想到這男人每個禮拜都會來，心情就沉重起來，下次絕不讓他走進家門。

弘子在玄關送栗原。他穿鞋的時候，她看到襪子腳跟的地方有一個破洞，看樣子他還沒結婚。

栗原開口借鞋拔，弘子便遞給他，不小心碰到了他的手，鞋拔掉在地上。兩人同時蹲下，頭叩的一聲互相對撞，肌膚立刻感到一股熱烘烘的、年輕男子的熱氣，還有化妝品的味道。

「啊，不好意思。」栗原開口道歉。

他撩了一下長髮，就離開了。鼻子裡還聞得到柑橘系的香水味。

當天晚上，她作了一個奇怪的夢，夢到她遭到葡萄柚怪物的侵犯。一個由好幾個圓圈疊起來，活像米其林寶寶般的生物，就壓在弘子身上。儘管置身夢中，腦子卻有一部分是清醒的，她知道那個怪物是白天那個栗原的化身，她對他的印象是年輕、馬虎。從她並沒有抵死反抗看來，她並不是打從心底討厭這種行為。最後她死心了，任憑怪物擺弄。在內心深處，她懷著一股期待，期待的並不是淫慾，只是希望日常生活有些變化而已。不過她很有感覺倒是事實。

早上發現底褲濕了，令她大為驚訝，她已經好幾年沒有作過這麼具體的春夢了。當然，睡在身旁被窩裡的丈夫是不會知道的。

## 2

過了一個星期，栗原扛著ＤＶＤ錄放影機出現了，粉紅色的領帶在玄關搖晃著。

「關於我上次說的試用的事啊，能不能請佐藤太太幫幫忙啊？只要回答問卷上的所有項目，一個月就有三千元。」他一邊說，一邊就擅自進入起居室。「不好意思，錢很少，跟小孩子的零用錢差不多，可是就當作可以去吃頓豪華午餐不是很好嗎？好不好？」

「可是……」弘子猶豫著，低頭看著栗原拆解機器的包裝。

「像這種商品，想試用的人很多，可是廠商那邊的條件是要住在獨棟房子裡的上班族家庭，家裡至少要有兩個國中以下的孩子。」

「噢……」

那台錄放影機是一流家電製造商的商品，價錢貴到需要狠下心才買得下手。

栗原把原本的錄影機從電視櫃裡拉出來，拔掉後面的電線，開始裝設ＤＶＤ。

「這位太太，我渴了。」

他以著名的師奶殺手主持人三野文太般的語氣說著。

弘子無奈，只好去準備冰麥茶，心裡不愉快的情緒逐漸高漲。

栗原喝完麥茶，脫掉上衣，再度投入裝設作業。弘子望著他的背影，他雖然很隨便，身上的肌肉倒很結實，令她頗為意外。他的背影看起來是有運動習慣的人。

「啊，糟糕！」栗原嘖了一聲，轉過頭來。「這不能由我來裝。」

「是嗎？」

「對，要試用的人裝才可以，因為這也是問卷裡的項目。」

「那，等我先生回來再叫他裝好了，機械類的東西我不拿手。」

「唔——」他雙手在胸前交抱坐著。「我也要確認機器能運作才行，再跑一趟又很麻煩……」

我也不希望你三天兩頭就跑來。

「佐藤太太，那我在旁邊看，可不可以請妳自己看著說明書安裝？」

弘子本來想拒絕，卻決定接受他的建議。仔細想想，她根本沒有答應要試用。

她把說明書攤開放在地板上，一邊看著圖解，一邊把插頭插進端子裡，又是OUT又是IN的，根本有看沒有懂。

「啊！那裡是白色的插頭，黃色的是聲音端子。」

栗原從旁邊探了過來，柑橘系的香水味和年輕男子的體味撲鼻而來。今晚又會作夢嗎？——弘子心裡想著完全不相干的事。

肩膀微微碰觸，弘子並沒有移開。她感覺得到他緊實的肌肉，臉上不禁微微發熱。她對栗原沒有好感，但並不討厭這種接觸。和丈夫以外的男人如此靠近，早已是遙遠到記不起來的過去所發生的事了。

配線裝好了之後，栗原深深靠在沙發裡，從口袋裡取出香菸。當一個業務員的怎麼可以在拜訪的客戶家裡抽菸呢？

「呃，可以借一下菸灰缸嗎？」

「我們家沒有人抽菸。」弘子斷然回絕。

栗原聳聳肩，收起香菸，把文件放在桌上。

「那麼，這是問卷，都是些很無聊、很瑣碎的項目，不過只要照實寫就可以了。我們老闆說，是不是隨便填寫的問卷一眼就看得出來，所以麻煩一定要誠實填寫……還有，能不能請妳在試用憑證上蓋章？」

不知不覺中，事情就成了定局。算了，反正又不礙事，丈夫一定也會很高興。

她把打好名單的磁片遞給他。「那我走了。」栗原連點頭致意都沒有，只稍稍抬個手，就走出起居室。

送他到門口的時候，弘子下意識地探出上半身，聞他背上散發出來的香水味。那香味穿過鼻子，在她腦中擴散開來。

她覺得好像佔了什麼便宜，心頭甜甜的。

「這個不能送我們嗎？」丈夫達哉一回家就對ＤＶＤ大感興趣，手拿著說明書開始操作，「不然看能不能便宜賣給我們。」

「我們家才不買那個，試用三個月就結束。」

「好輕鬆的工作啊！啊——我也好想在家工作。」

達哉說完就倒在地板上，肚子上一圈贅肉晃動不已。

「哪裡輕鬆啊？人家我可是利用做家事的空檔做的。好了，你趕快來吃飯啦！不然我怎麼收拾？」

只有丈夫超過吃飯時間還沒用餐，弘子把他的晚餐擺上桌，催他趕快吃。孩子們在二樓做功課。

「沒啤酒？」

「你要喝？」

「當然，拿一下。」

弘子不情不願地從冰箱裡取出啤酒。

大她四歲的達哉已經完完全全是個中年大叔，腰圍一年大過一年，直逼九十公分。他唯一的運動就是作陪性質的高爾夫，對他的鮪魚肚也沒有絲毫在意的樣子。看樣子，丈夫已經完全不指望自己會受年輕女孩歡迎了。就連自己看到剛洗完澡的丈夫也會幻想破滅。

達哉面向電視，喝著啤酒，大嚼炸雞。

「喂，你是不是該稍微減個肥了？」這話她說過一百次了。

「我跟妳說，每個人都有不同的最佳脂肪量。我健康檢查都很正常，維持現狀就好。」

弘子將手肘放在餐桌上，雙手托住臉頰，嘟起嘴。

只是她自己也不能太要求別人。偶爾不經意看見自己映在超市窗戶上的模樣，心都會往下沉。上手臂鬆弛得簡直連風都吹得動。

丈夫開始看起新聞節目，弘子只好去洗澡。拿海綿沾了肥皂，擦洗身體。每次從下往上擦洗時，肉都會搖晃，而且肚子上有好幾層肉。

她試過好幾種美容法，但都無法持續，一定是因為沒有迫切需求吧！像女明星或模特兒，一定都抱著必死的決心來保持青春美麗。就算是職業婦女，也會努力讓自己看起來美一點。說來說去，家庭主婦就是沒有人會看，才會缺乏這種緊張感。

泡在浴缸裡，做了很久沒做的按摩，雙手包住下巴，從臉頰到脖子全部向上拉提。不知不覺地認真起來，沒想到一做就做了二十分鐘。

出了浴缸，看自己在鏡子裡的裸體——就快四十歲了，她從鼻子長長吁了一口氣。

拿浴巾把身體擦乾，心裡有一絲期待，對夢的期待。

果不其然，葡萄柚怪物出現在夢裡。怪物一語不發，壓住弘子，粗手粗腳地撫摸她。那不是粗魯，而是笨拙。

弘子刻意試著抵抗。她扭動身體，從怪物身下脫身。呵呵呵，她的嘴角露出笑意。她一想逃，怪物就抓住她的腳踝，一下子就把她拉回來，這樣的情節讓她有種快感。

怪物的背上有好幾根電線，前端圓圓的東西上下愛撫弘子全身。她知道那是白天的電線插頭。這些電線看到洞就鑽，就像無知的昆蟲一般。

弘子任憑他擺弄，快感逐漸升高，比和丈夫做愛感覺好得多了，她強忍住叫出聲的衝動。只不過這是在夢中，實際如何就不得而知了。

指尖痙攣著，自己現在正在被窩裡微微顫抖嗎？明明在作夢卻不由得好奇。弘子全身感覺著怪物的重量，為發現新的樂趣而竊喜。

## 3

栗原第三次來訪的那天，弘子比平常更仔細地吹整頭髮和化妝，還塗了指甲油。她穿著露出肩部和胸口的套頭上衣，等著時間到。我剛從外面回來——她想好了這個藉口。為什麼要打扮？她自己也說不上來，就是想做點不同的嘗試。

栗原看到來開門的弘子時，臉上出現略微驚訝的表情。雖然稍縱即逝，弘子還是沒有錯過。他是不是誤會了？儘管心裡有些擔心，但她對年輕男子的反應很滿意。

「請進。」她主動請他進屋。「還好趕上了，我剛剛才回來。」

「是嗎？」栗原顯然並不關心。

不等他開口要，弘子便端了麥茶出來，兩人在起居室的沙發面對面坐下。

「那麼，這是接下來要麻煩妳的工作，是一年出國兩次以上的未婚女性名單，不好意思，還沒有做成表。」

栗原取出問卷影本，開始說明。弘子看著他，他每次都穿一樣的衣服、繫同一條粉紅色的領帶。這該不會是他第一份正式工作吧？以前是不是一直為了衝浪而當打工族，或是在店裡當兼職店員？她腦子裡進行著這些無關緊要的想像。

她也觀察了他的身體，果然很結實。雖然不是健美先生，但全身都是肌肉。

「對了，ＤＶＤ有在用嗎？」栗原問。

「有啊！我丈夫錄得很高興。」

「那個，要請太太和孩子也用，不然沒辦法填問卷……」

「是啊！這個我也知道，可是就是很難操作。」

「佐藤太太，拜託一下，不然讓你們試用就沒有意義了。」

栗原不滿地嘆了一口氣，他的態度讓弘子光火。

「那你教我怎麼用啊！」

「我也不知道啊！我又沒有這台機器。」

這是什麼口氣？要不是因為可以作那個夢，她一定會去向公司投訴。

「這些也會影響栗原先生的業績嗎？」

「這我就不知道了，可是我才剛進公司，不能出錯。」

「你之前在做什麼？」

「搬運業。」

是嗎？原來身材是搬貨練出來的啊！

「那你怎麼曬得這麼黑？」

「我有玩衝浪，我玩超過十年了。」

這倒是猜中了，看那個樣子就知道。

「那我用用看，你來幫忙。」

弘子在茶几上攤開說明書，拿起遙控器。

「我還有下一家要去欸！」栗原說。

「十分鐘就好了。」

她坐在電視櫃正面，栗原在她旁邊唸說明書給她聽。弘子故意把身體靠過去，慢慢地，不被他發現。

她聞到柑橘系的香水味，希望今天也能找出作夢的材料。

弘子大膽地假裝沒坐穩。「啊！對不起。」說著伸手扶栗原的肩膀，透過衣服確認年輕男子的肌肉。栗原看著弘子，臉就近在眼前。

她身上也有化妝品的味道，心想要是被他誤會就糟了，便立刻抽身。果然和她想像的一樣，是觸感柔韌的肌肉。

栗原彷彿什麼事都沒發生過一般，繼續回頭讀他的說明書。驀地，弘子心頭泛起一個疑問——一個二十九歲的男人會怎麼看三十九歲的女人？會當作性愛的對象嗎？

可能因人而異吧？這是喜好的問題。不過，一般常理應該是不會當成對象的。男人二十九歲，那麼二十出頭的女孩子還在戀愛對象的範圍裡。自己怎麼跟那麼年輕的女孩子比啊！

錄影的操作成功了。「妳會了嘛！這樣就沒問題了。」栗原愛理不理地說。

她送準備離開的栗原到門口。明知他搽了什麼味道的香水，但還是想再確認一下，於是把臉湊近他背後，沒想到他竟然轉過身來，嚇了她一跳。

「有什麼味道嗎？」

「啊，我是覺得你的香水很好聞。」講話都結巴了，臉一定也脹紅了。「好像很少看到男人搽這種香水。」

「會嗎？大家都在搽啊！」

栗原驚訝地走了。弘子一回到起居室，便趴在沙發上。

她壓抑著劇烈的心跳，大口大口吐氣。好險、好險，差一點就被當作怪婆婆了。

煮個麵打發了中餐之後，弘子就在餐桌上打開電腦。在郊外的住宅區頂多只會聽見孩童玩耍的聲音，不然就是收破銅爛鐵的廣播。

她一面卡嗒卡嗒地輸入問卷的住址部分，一面吃幾口餅乾、喝幾口麥茶。

忽然間，她想起現在打的是喜愛出國旅遊的單身女子名單。視線一掃，看到有一欄是「年收入」，發現每個人賺的都不少，也有很多三十幾歲的女性。真好命，不必結婚生子，可以享受旅行。

弘子上一次出國，已經是十年前的事了。最近一次就是到夏威夷蜜月旅行，目前也沒有出國旅遊的打算。大概要等到孩子們獨立、丈夫退休了，才能夫婦倆一起去吧！

她停下手邊的工作，望向窗外，燦爛的夏日天空無邊無際。

其實我也能選擇不一樣的人生——弘子偶爾會這麼想。自己最近這十年幾乎都是在家裡度過的，連時髦的餐廳都沒去過，就這麼耗著耗著，耗成一個歐巴桑，整個世界的事全都在電視機裡。

繼續回到工作上，輸入姓名、住址，遇到很長的住址就咂舌。就算再長，一則七元的單價也不會變。

這天晚上很晚，喝了酒回來的達哉一洗完澡就鑽進弘子的被窩，鼻息粗重地吻上她的頸項。

弘子立刻轉身，伸手把他揮開，不假思索的反應連她自己都很吃驚。

「啊！對不起，我今天身體懶洋洋的。」她輕聲細語地說著。達哉停止動作，「是哦……」不滿地回到他自己的被窩。

她不希望每週一次的樂趣被剝奪。那個夢，會把自己帶到不同的地方。

等丈夫睡著之後，自己也做好入睡的準備。意識漸漸模糊，通往快樂的門扉就在那裡。

葡萄柚怪物立刻就出現了。體型和上次有些不同，看起來很緊實，摸摸肩膀的地方，連觸感也變硬了，很好很好——她在內心偷笑，而且自己也變了，變得年輕了點。夢裡明明沒有鏡子，她卻能確定，是因為白天打扮過的關係嗎？

怪物照例無聲地壓了過來。這次他手裡拿著棒狀的東西，弘子知道那是遙控器。他要拿那個做什麼呢？真教人期待。

怪物用那個會震動的東西擺弄弘子的身體，她很快就要達到高潮了。快感來得很快，她扭身匍伏著，從怪物手裡逃走。她想多花一點時間，也希望怪物來制伏她。一如她的期待，怪物抓住她的腳踝，像扳倒嬰兒一樣一下子就把她拉了回去。這一幕已經讓她上癮了，她就是想被絕大的力量制伏。

怪物騎在弘子身上，開始震動腰部，之前朦朧的插入感這次變得很真實，夢的品質提升了。

快感越來越強烈，酥麻的感覺比上次劇烈得多。弘子張開腳，勾住怪物的軀體，雙手也環抱著他的脖子，在夢中緊緊抱住他。

她在同時咬緊牙根。丈夫就睡在身邊，不知為何，她很確定這一點。

弘子拚命咬牙不讓自己發出聲音，不久便達到無上的狂喜之境。

這種感覺還是第一次，這一定就是百分之百的快感。

## 4

她開始每天都想著夢的事。第三次體驗的快感，一直到早上都餘韻猶存，鮮明強烈，似乎現在還存留在體內某處，可以再三回味。

枯燥乏味的日常生活已截然不同，那一天會再度來臨，光是這樣，心情便有所不同，洗澡時一定會按摩，也會開始做一些簡單的美容體操了。反正是夢裡發生的事，不會有絲毫罪惡感，那是屬於她自己的樂趣。

她想買新衣服，便老遠來到新宿的百貨公司，她要買迎接栗原的衣服。只要一有變化就會反映在夢裡，所以弘子積極尋求新的觸發點。

她買了黑色背心和透明的襯衫。她試穿了迷你裙，但覺得這樣實在太刻意，最後選了開衩開得很高的長裙，只要一蹲下，大腿就會露出來。

白天百貨公司的客人多半都是主婦，而且都是獨自一人。明明是習以為常的光景，今天不知為何卻感觸良多，大家難道都不會寂寞嗎？

走進百貨公司裡的餐廳，看到大多數女性顧客都是一個人吃中飯，彷彿這麼做理所當然。

能利用的只有孩子放學回家前這段短短的自由時間。來百貨公司並不是因為想來，而是沒有別的地方可去。附近鄰居沒有可以相約出門的朋友，而且為了不希望萬一發生什麼摩擦讓彼此尷尬，所以反而會想保持距離。

主婦都是孤單的。

她想順便買丈夫的白襯衫，便到紳士服飾賣場逛。碰巧看到領帶區，想起栗原總是繫同一條領帶，不知不覺中便選了起來，想送他一條漂亮的領帶。

算了，人家恐怕不只會錯意，還會喜歡上自己吧！再說，她一點都不關心栗原本人。

弘子搖搖頭，暗自苦笑。

即使如此，她還是在那一區待了二十分鐘，沉醉在可笑的幻想裡，挑著領帶，想著如果要送的話要選哪一條。

栗原對弘子內心的變化毫不知情，照常來訪。

「不好意思，可不可以借一下廁所？」他大剌剌地走進屋來，還發出嘩啦啦令人不愉快的尿聲。算了，她也快習慣了。

帶他進了起居室，今天準備的是可爾必思。端出去的時候，注意了一下自己裙襬的開衩，希望用最好的角度秀出自己的腿。

她在茶几旁往前蹲時，以眼角偷瞄栗原的臉色。

栗原的視線在弘子身上掃了一下，反應正如她的預期，所以她很高興。這在夢裡會以什麼形式出現呢？

她在他正對面的沙發坐下，上身微微前傾，用手臂把胸部往上擠。

「我現在已經會用ＤＶＤ錄放影機了，還知道怎麼邊看邊錄另一台的節目。」

她故意發出比平常更開朗的聲音，還露出笑容。

栗原不知是否注意到弘子的不同，僵了一下，然後偷瞄弘子的身體。看樣子還是多少有些在意，弘子對他的反應很滿意。

「呃，接下來的工作聽說是年收入一千萬以上的家庭名單。」栗原像平常一樣取出名單。

「一千萬？真好。」弘子說。

「很氣人欸！我再怎麼賺都賺不到那麼多。」

栗原恨恨地說這些話的樣子很好笑，弘子不禁「呵呵」笑了出來。

「對我來說也是不可能的金額呀！我做家庭代工能賺多少，你最清楚了。」

「哎，我也不知道這話我該不該說啦！不過我覺得妳們在家組的也真厲害，這種價錢也做得下去，一則才七元不是嗎？」

弘子的表情當場僵住。

「就算一個小時能打一百則，時薪也才七百元吧？比腦袋裡裝漿糊的高中女生在漢堡店打工賺的還少，我實在很同情。」

弘子怒火中燒，怎麼會有這麼沒禮貌的人？

「可是我們在家能做的事有限啊！」

「這個社會就是看準了這點，佔妳們的便宜。」

「嗯，話是沒錯啦……」

弘子重新打起精神，換了話題。她提起鄰居主婦也想試用新商品的事情。

「是嗎？那我跟公司說。」回答得十分敷衍了事。

「有沒有像洗碗機啦、空氣清淨機這種的？」

「不知道，我只是把公司要我們送的東西送出去而已。」

「這樣啊，原來不能選啊！」

「哪有那麼好的事啊！像這台ＤＶＤ錄放影機，廠商還不是都算好了，在你們家放三個月之後再收回去，你們就會覺得好像少了什麼，接著就會去買了。」

「對啊！我先生可能會想買。」

栗原拉上皮包的拉鍊。看樣子他準備要走了，她便拜託他做事。

「我想請栗原先生幫個忙，我家的酸黃瓜瓶蓋打不開……你看起來滿有力氣的，可不可以麻煩你？」

這是她今天早上想的藉口，而且家裡真的有這麼一個瓶子。

「妳先生不肯幫忙嗎？」

「他手受傷了。」這則是謊言。

她跑進廚房，拿了酸黃瓜瓶回來。

「就是這個。」

栗原默默接過瓶子，坐在沙發上直接抓緊瓶蓋，右手肘上揚，用力轉動著。弘子就站在他身邊，居高臨下地看著他，邊深深吸著柑橘系的香味，邊凝視他緊實的肩膀和手臂上的肌肉。即使隔著衣服，仍然看得到他隆起的肌肉。她的臉都熱了，今晚葡萄柚怪物會以什麼方式來攻擊她呢？

下一瞬間，瓶蓋打開，裡面的液體飛濺出來。

「啊！」栗原叫了一聲，站了起來，肩膀撞到弘子的胸部。軟軟的胸部被壓到了，湯汁則沾濕了栗原的長褲。

「哎呀！糟糕！」弘子急忙從廚房取來抹布，擦拭長褲。

「啊，沒關係，我自己來，反正沒沾到多少。」

弘子不理他，繼續擦著。隔著布摩擦年輕男子的大腿處，使她的下半身陣陣發熱。雖說事出偶然，但這可是個大收穫。

「不知道會不會留下痕跡？」

「沒關係啦！」栗原閃過弘子的手，拿起皮包，說：「那我走了。」

她送他到門口。

「試用的事，要是有機會要跟我說，我幫你介紹我鄰居。」

「這個哦……」栗原穿好鞋子回頭，「我只做到今天，我辭職了。」他抓著後腦勺說。

「是嗎？為什麼？你不是才剛到職嗎？」

弘子大吃一驚，怎麼會這麼突然！

「話是沒錯啦！可是不適合的事，再做下去也沒意思。」

「這樣不好啦，如果是小事就要忍耐啊！工作就是這樣。」

她力勸他，又不是他的同事。

「噢，反正我已經遞辭呈了，做到這禮拜為止。」栗原打開門。「下次應該會是別人來，還請妳多指教。」說完便關上門。

「啊……」伸出去的手停在半空中。

弘子在那裡呆站了好一會兒，整個情緒頓時冷卻下來。

什麼啊，就這樣不見了嗎？這可是人家好不容易才找到的樂趣。

真可笑，還特地買了新衣服……

有種踩梯子踩空的感覺。

那天晚上，弘子謊稱感冒，把自己的被窩鋪在客房裡。反正是最後一次，她希望能不必顧忌丈夫，好好地作個夢。

雖然不知道新的負責人是什麼樣的人，但中老年的可能性比較大，因為年輕人一定不會想從事以主婦為對象的家庭代工仲介。

自己不會為了尋找刺激就外出工作。畢竟孩子還在上小學，家庭這邊也要顧，所以自己要一直待在家裡，待在自己的地盤裡，等候別人上門。

她並沒有不滿。自己最近這十年就是這樣過的，往後也會一樣。這輩子她都跟尋找生活意義、探求新的自我無緣，她也不強求，這樣她就很幸福了。

閉上眼睛，進入夢鄉，葡萄柚怪物立刻就出現了。弘子好高興，幾乎想主動抱緊他。

怪物壓住弘子，只按住她的上半身，開始執拗地愛撫她的大腿，又舔又揉的。不枉她穿了開高衩的裙子，或者這是拿抹布擦拭栗原褲子的結果？

弘子假裝抵抗，伸手環住怪物的背，他的肉體果然如預想一般結實。肌膚的乾濕度恰如其分，把臉貼上去，可以聞到甜甜的汗水味。

怪物想扳開弘子的腳，她照例抵抗，但沒有很用力。怪物一下子就靠了過來，以全身蓋住弘子。

這種重量讓她產生快感，有種被壓制的感覺。她抱住他的脖子，自己主動擺動腰部。她忍不住發出聲音，從喉頭發出的微微呻吟聲讓自己興奮不已。

感覺自己好像飄了起來，沒多久，又有如雲霄飛車下衝般，頭下腳上地往下掉。下半身猛地發熱，而這陣熱意穿透背脊，直衝腦門。

弘子在一片紅色的視野當中，沉浸在絕頂的恍神快感裡。

她抱住自己火熱的身體，在被窩裡縮成一團，良久良久。

雖然結束了，但她很滿足。一行說不上是喜是悲的淚，自臉頰滑落。

# 丈夫 與 窗簾

夫とカーテン

# 1

夫妻倆吃晚飯時，丈夫榮一聊起要在品川車站前開一家窗簾店。大山春代聽到這些話，心情照例灰暗起來。

「窗簾店？」

「對，賣窗簾和地毯，利潤很高哦！」

榮一一邊吃飯，一邊把筷子搖得像指揮棒似的，態度開朗得可以。

「你又想辭掉工作？難得升上課長了耶！」

榮一進現在這家公司才一年，而且就春代所知，這已經是他第五家或第六家公司了。

「說是課長，也只不過是員工五十人的小貿易公司。」

「你怎麼把自己工作的公司說成這樣啊！社長不是很信任你嗎？這樣怎麼對得起人家？」

「我當然覺得過意不去，可是這對我來說是難能可貴的機會，我也沒辦法啊！勞資關係本來就只是契約而已，身為資方，就應該事先把員工辭職的可能性考慮在內。」

春代把視線落在餐桌上，嘆了一口氣。丈夫只要話一說出口，就不可能改變了，而且他的動作很快，說出來的時候，就代表他已經動手了。

「妳怎麼不問我為什麼要開窗簾店？」

「你要我問也是可以啦！」

春代邊把飯送進嘴裡邊回答。就算榮一解釋了，她也未必會認同。丈夫的計畫總是聽起來完美，實際做起來卻漏洞百出。前年幫忙跑腿外賣的時候，再之前幫忙代辦同學會的時候，還有再之前幫人遛狗的時候都是。

榮一雙眼發亮地說著：

「現在啊，品川地區的河岸不是一直在蓋新大樓嗎？妳知道有多少棟？」

「不知道，我很少去那邊……」

「上次我跑業務經過的時候數了一下，從芝浦到天王洲這短短的兩公里，竟然就有十二棟，而且全都是二十層以上的大樓，大一點的總戶數就有兩千戶。正確的數字我還沒有查，可是接下來的一年之內，光是品川這個地區最少就會有一萬戶新住家。」

「哦，原來還有這種盛況啊！」春代不感興趣地回答。

「所以我就想，搬進新大樓的人家第一個會買什麼？答案就是……窗簾和地毯。」

榮一一臉就是「如何？這主意高明吧！」的表情。

「喏，你先調查清楚一點比較好吧！要是人家買房子時附送窗簾，那你不就落空了嗎？」

「開玩笑，怎麼可能有買房子送窗簾這種好事！地板也是，就算有一半住戶是鋪木地板好了，但沙發底下也需要鋪個地毯啊！再說，高樓層的公寓為了防止火災，有規定住戶必須安裝防火窗簾。這東西可是很貴的，一般位於邊間的兩房兩廳就要六組窗簾，加一加竟然要二十萬。」

春代默默地咬著醃蘿蔔，起居室滿是卡滋卡滋聲。

「人哪，花大錢買東西的時候荷包最鬆了。既然都已經買了昂貴的大樓公寓，在窗簾上當然不會小氣。」

「我倒是想要公寓。」

「所以啊，等我的窗簾店成功了就買給妳。二十萬的窗簾算它淨利五萬就好了，只要賣出一千戶就有五千萬的進帳。」

榮一攤開五根手指頭，朝著春代伸過來。

「不是啊，你要把這些都查清楚再……」

「我當然會事先調查啊！我想明天就去請教雲雀丘附近的窗簾店。」

「噢，你有開窗簾店的朋友？」

「沒有啊！我翻電話簿，打電話過去解釋了一下，跟對方說：『想請教這方面的生意。』因為從距離上看，雲雀丘不會是生意上的競爭對手。」

儘管他總是如此，春代還是傻眼，為什麼丈夫唯有體力如此旺盛？他的個性本來就適合當業務，既然這樣，繼續留在現在的公司裡發揮所長不是很好嗎？

「那我問你，創業資金哪裡來？」

「不是有為了創業存的錢嗎？六百萬。」

「為了創業存的錢？」春代睜大了眼睛。「你是開玩笑的吧？那是買房子的基金，我們不是計畫好等存到一千萬，就要當房子的頭期款嗎？」

「所以等生意成功了，連房子都可以用現金買。」

「要是失敗了呢？」

「我們做人要樂觀嘛！」明明是大男人，還在那裡裝模作樣。

「打死我都不要，那筆錢有一半是我的。」

春代的工作是在家畫插畫。雖然只是為雜誌或宣傳單畫插圖，但也有相當於粉領族的收入。

「那一半就好，剩下的我再找信用合作社和公營行庫想辦法。」

「問題不在那裡好不好？」

春代拿起用過的餐具站起來，走到流理台前轉開水龍頭，抓起菜瓜布。她不想再繼續聊下去。怎知榮一也拿著餐具跟了過來。

「我不想為了錯過這個機會而後悔。品川車站四周都是辦公大樓，可是連半家賣窗簾的都沒有，所謂先下手為強啊！」

每次都是這樣。所謂的先下手為強，不就是等別人也下手就沒戲唱了嗎？

「反正客人買過一次就不會再買了，賣完把店收起來就好了啊！也就是說，我們用

一、兩年賭五千萬。」

就是這樣才討厭啊！寧可平平淡淡的，也想要安定的生活。

「拜託啦！」榮一在身邊雙手合十。「當上班族不用想都知道將來會怎樣，時代是站在創投企業那邊的。」

如果是ＩＴ或是顧問業也就罷了，榮一的創投方向都是那種需要勞力的手工業。

榮一從後面靠上來，手從腋下伸出來想摸她的胸部。

「別這樣。」她兇他，用手肘把他頂開。榮一乖乖退下，靠在流理台上，像個小學生似的撒賴。

「我說，我們都快三十四歲了。」春代一邊洗碗，一邊平靜地說。

「才三十四，人生的一半都還不到。」

「是嗎？人家我學生時代的朋友都有孩子了，正在為房子、教育費這些將來的事煩惱，我們卻連人生計畫都沒有。」

榮一嘟起嘴不作聲，那樣子就跟小孩子沒兩樣。

「請你務必多考慮一下將來。」春代說得像個局外人似的。

「那麼，兩年後生小孩，所以無論如何都要讓窗簾店成功……」

「總之，」她先關掉水龍頭，轉身面對榮一，「你先想一個晚上再談吧！」

「呃，這個……」榮一用幾乎聽不見的聲音說，「其實我已經提辭呈了，事不宜遲嘛……」

頭好昏，這麼說起來，上次他也是沒有知會一聲就辭掉工作。

春代用力嘆了一口氣，使勁踩榮一的腳。

「會痛啦！」結婚七年、和她同齡的丈夫笑著躲開。她追到起居室，拿膝蓋狠狠頂他一腳，那是真心的一擊。

榮一的動作很快。他很得雲雀丘窗簾店老闆的歡心，對方不但告訴他進貨來源和經營的基礎，還幫他寫了中盤和公會的介紹信。

「人家怎麼會對一個素不相識的人這麼好？」

春代驚異地問，榮一則一臉不以為意地回答：「開誠佈公，人家就會有好感啊！」

對此她倒是有經驗。榮一在兩人認識那天，便紅著臉跑來問她：「和我結婚吧？」總而言之，他就是個單刀直入的人。

然後他還到品川車站前去找店面。那個地方本來是座倉庫，唯一的優點就是夠大。如果放著不管，他會沒有節制，所以春代便也跟著去看。

「地點不太好吧？在小巷子裡，行人也很少。」

「放心，窗簾跟書店和賣吃的不一樣，沒事不會想進來逛，客人都是因為有需要才來的，只要發放傳單，客人就會主動找來，就算在二樓也沒關係。」

榮一信心十足地說。春代心裡雖有疑問，但為了省麻煩，決定不開口。

抬頭就看到管線外露的天花板，視線一轉，牆壁是毫無修飾的水泥牆，看來光是裝潢就要花不少錢。或許她臉上露出了這點疑慮，只見榮一望著天花板喃喃地說：

「店面只要走閣樓風，就不太需要什麼裝潢了。只要在地板重新鋪一層木板就好，這樣就可以開店了。」

「喏，這裡的保證金多少？」

「兩百萬。」

「說得真輕鬆。」

「信用合作社已經答應融資了，所以沒問題。」

春代皺起眉頭。「已經答應了？沒擔保也答應？」

「他們又不是什麼都要擔保的大型都市銀行，地方的融資是看人貸款的。我把事業計畫書給平常接觸的那個負責人看，對方就說：『既然是大山先生，就可以信賴。』」

春代暗自嘆息。榮一並不是花言巧語的騙子，真要歸類的話，他說話的方式算是木訥型的。但或許就是因為他不會說得天花亂墜，所以銀行對他的印象不錯。

「以前負債的時候都有如期歸還不是嗎？個人信用就是靠那些累積出來的。」

「是嗎？」春代無力地回答，自己的丈夫一定可以算是「誠實的詐欺師」吧！

榮一當著春代的面付了押金，簽了草約，這下再也不能回頭了，不安的心情在內心翻騰不已。不過，就算這個事業失敗了，也不至於成為致命傷，所以銀行也才會借錢給他——另一個自己如此安慰著。

之後兩人去兜風，順便觀察灣岸一帶。果真就像榮一所說的，有好幾棟正在施工的高層大樓向上凸起。那光景宛如為追逐財富而聚集在油田的亡命之徒，雖然她沒看過油田就是了。

「怎麼樣？住在這裡的每一戶人家都會買窗簾哦！」

榮一興奮得脹紅了臉。春代在前座默默地抬頭看著大樓，從鼻子吁了一口長氣，如果可能的話，真希望自己是買窗簾的人。

當天晚上，女性雜誌的編輯來電，表示對春代昨天快遞過去的連載散文插圖非常滿意。

「這次的插圖實在很棒。」

這個男人不會說客氣話，所以春代很高興。

「我不太會形容，不過有種破繭而出的感覺。」

「太過獎了。」

「沒有、沒有。像是妳的用色啊，乍看之下好像很亂，其實卻很大膽又有魄力。請大山小姐畫插圖快一年了，我覺得好像看到妳全新的一面。」

編輯非常愉快地大大稱讚了春代一番，感謝她畫了好插圖，之後便掛了電話。

春代臉上自然而然出現了笑容。說實話，完成的時候，自己也覺得有些冒險。

「幹嘛？遇到什麼好事？」洗完澡出來的榮一問。

「有人稱讚我的插圖。」

「嗯，因為妳很會畫畫嘛！」他正打開冰箱在拿啤酒。

喂，我可是職業的欸！春代狠狠瞪了丈夫的背影一眼。

春代深深沉在沙發裡，舉起雙手伸個懶腰。不管到了幾歲，受到別人稱讚的感覺都很棒。

## 2

地下停車場的 Accord 不知何時變成廂型車了，而且是有車頂架的載貨廂型車，車身上還寫了「大山窗簾地毯」幾個字。

「為什麼你換車都沒跟我商量？」春代正色向榮一抗議。

「我是在環七沿線的中古車行看到的，很划算耶！不但讓我用出廠五年的 Accord 換，輪胎也幫我換新的，還送最新的衛星導航。做生意絕對不能沒有導航。」

榮一身上連半點內疚的影子都沒有。

「你去上班的時候，我有時候會開車到多摩川散心。」

「可以啊，車子不用的時候，妳可以開。」

「開上面有寫『大山窗簾地毯』的車？」

「很好啊！可以宣傳。」

春代在嘴裡咕噥著混蛋兩個字。「你連店名也自己取了？」

「嗯。我想了很多個，本來想說要不要用英文比較時髦，不過最後的結論是，還是簡單順口最重要。」

其實，春代曾暗地裡想過店名，還想乾脆幫他設計商標。

「不過，我準備在店裡的招牌上大大地寫『K&K OYAMA』。因為店裡裝潢得像西式閣樓風，那就要讓來店裡的客人覺得酷一點。」

「我想窗簾是C開頭的，地毯八成也是。」

「咦，是哦？」榮一從書架上取出英日辭典，翻開來查。「啊，真的，兩個都是C開頭的。那就是『C&C OYAMA』了。啊啊，幸好有注意到……糟糕，招牌我已經請人做了。」他連忙拿起電話。「喂，我是昨天訂做招牌的大山……」

春代閉上眼睛搖頭。記得上次也是這樣，公司名稱叫做「大山快遞服務」，英文就拼錯了。榮一缺乏檢查的觀念，他小時候一定是數學題目算完後從不驗算的學生。

接下來不到三天，榮一就雇用了兩個店員。春代是在店裡才知道這件事的，當時她聽說木頭地板已經鋪好了，就到店裡去看看，結果榮一不在，倒是有兩個陌生男女在那裡。男的是年過四十、油光滿面的中年人，女的則是個頗具劇團團員風格的俗氣年輕人。

「請問……我先生在嗎？」

「哦，妳是大山店長的太太吧？店長去中盤那裡，應該快回來了。」

男子以洪亮的聲音回答。他頂著這年頭已經很少見的燙過還打層次的髮型，而且染成淺咖啡色，一副歌舞伎町公關老鳥的模樣。

「我叫沼田。我聽店長說過了，這家店生意一定會很好，看準新大樓的想法真是太棒了，而且店長還說店不打算一直開，只想賺一票就要收起來，我很欣賞這種爽快的作風。」

「噢……」

這個姓沼田的男人可能沒考慮過自己的年紀，竟然還上日曬沙龍，膚色黑得好不自然，手腕上那只看似純金的勞力士錶發著光。

「其實，我也在考慮要自己開店，不打算在這裡做很久，所以和店長利害一致，哇哈哈哈！」

沼田咧嘴大笑。媽呀！自己絕對不想請這種人進家門。春代心裡邊這麼想，邊往女的那邊一看，那個人好像天生就不知道什麼叫做應對進退，也不做個自我介紹，只會頭也不抬地盯著文件看，臉上也沒有脂粉味。她之前一定是個打工族。

在這種狀況下，榮一回來了。「啊，妳來了，怎麼樣？地板材質很不錯吧！」春代默默揚了揚下巴，把榮一拉進後面的辦公室。「你要請人也要說一聲吧！」她的手往腰上一扠，這麼說著。

「因為我看妳很忙啊！」

「我是很忙啊！可是至少能幫你過濾履歷吧！要是你開口，我也可以陪你面試啊！」

「是哦！那下次開始我會找妳的。」

春代不說話，伸手就拉榮一的耳朵。「痛痛痛！」他的臉皺了起來。

「我問你，那兩個人，你是怎麼選的？」

「來應徵的第一個和第二個人。」

春代的雙肩垂了下來。榮一這個人，老實說實在沒有看人的眼光，因為個性太過開放，所以不管什麼人，他都能接受。

「沼田先生之前開過小酒店。那個女孩子姓塚本，現在是劇團團員。」

「被我猜中了。」

「猜中什麼？」

「沒什麼。反正就是因為你找的人是有期間限制的，所以來應徵的人也不多？」

「對對對。」

還對對對呢！既然這樣，幹嘛不請單純的大學生？這樣不但放心，還比較便宜。春代把到了嘴邊的話吞下去，決定幫忙佈置。自己無法袖手旁觀，因為這可是事關大山家的未來。

她和榮一兩人合力將沉重的地毯豎起來靠在牆上之後，立刻猛冒汗，身體也熱了起來，好久沒有做勞動類的工作了。而在榮一的指揮下，兩個店員也忙著陳列。

沼田雖然有力氣，但個性粗枝大葉，對商品的處置很隨便。喂，你就不會小心一點嗎？——心裡很想這麼說，但覺得店長的妻子管太多也不好，便兀自忍耐。塚本沒什麼力氣，才一小塊地毯就搬得東倒西歪的。她整個人給人陰沉的感覺，工作起來的樣子則活像遭人奴役。

這樣沒問題嗎？她心中烏雲密佈。下星期就要開張了，也許自己暫時也來幫忙比較好。

當晚，春代吃過飯開始準備工作，雙手卻痠痛不已，連筆都握不好。明天中午有插圖要截稿，所以不能休息。

「今天真是辛苦妳了。要不要一起喝啤酒？」洗好澡的榮一拿著罐裝啤酒說著。

「吵死了，別礙事。」春代不理他。

她為自己打氣，對著畫畫的肯特紙構思，這次是要為主婦雜誌的專題畫插圖。編輯說：「主題是『忍不住想向人炫耀的客廳』，請自由發揮。」

自由發揮，這才是最難的，全權交由自己決定就是一種壓力。

春代靠在椅背上，閉上眼睛，過了幾秒鐘，突然安靜了下來。心裡覺得有點奇怪，收音機明明是打開的才對啊？

身體變輕了，有種不可思議的飄浮感。她睜開眼睛，因為畫從天而降，畫裡的每一個小細節都看得到。

她等不及打草稿，把好幾個顏色的廣告顏料擠在調色盤上，直接在純白的肯特紙上作畫。這種情形還是第一次。彩色的世界一一展現，與心中的想像絲毫不差，春代專心一致地揮動著畫筆。

一回過神來，已經過了三小時，是她看到掛在牆上的鐘才發現的。她甚至完全沒有意識到時間過去了，感覺就像從A地瞬間移動到B地。

看著完成的插圖，春代好興奮，令人起雞皮疙瘩的傑作就在眼前。哇——內心高聲驚呼，這是她從事這份工作以來最好的作品。

因為想找人分享，春代便走進臥室，只見榮一張著嘴睡著了。

「嘿！還不起來！」她踢他一腳。

「……幹嘛？」榮一口齒不清地說，眼睛睜開一條縫。

「你看你看，這可是傑作呢！」她騎在他身上，把插圖擺在他眼前。

「嗚……妳就為了這種小事……」

丈夫竟然沒有驚訝感，於是她便賞了他一巴掌。

「好痛！我反對家暴。」

春代心想，要一個不懂藝術的人發出共鳴是白費力氣，她便離開了臥室。興奮之情仍然不減，於是她從冰箱裡拿出一罐啤酒，在起居室一口氣喝完。她心滿意足地躺在沙發上，有種豁然開朗的感覺。

她把插圖立在餐桌上，看了又看，對自己所潛藏的才能驚喜不已。

編輯的反應一如預期，表示完成的插圖實在太出色了，想用來做為專題的彩頁，酬勞也會另外多給。而且平常一向只靠電話和電子郵件聯絡的，這次竟然提議「偶爾也想去打個招呼」，而來到春代住的地方，在車站前的咖啡店碰面。

「大山小姐，感覺上妳好像開拓了一個新境界。」編輯很高興地說。「要是不知情的人看了，一定會以為是別人畫的。」

「哪有……」春代苦笑著搖頭，當然，這只是在謙虛。

「真的，從事創作的人啊，真的會蛻變耶！大山小姐也許正處在這個時期。」

「我都已經三十四了。」

「哪裡哪裡，大器晚成才是真天才啊！插畫家當中有很多年輕時就成名的人物，但是這類人往往很早就讓人生膩。關於這一點，大山小姐才是真正擁有才能的插畫家。」

聽著別人的讚美，春代也開始相信了，搞不好自己真的能夠成為人氣插畫家。

「雖然我來編輯部才一年，不過聽以前的人說，大山小姐從以前就會偶爾出現傑作。」

「是嗎？」春代皺起眉頭，這倒是第一次聽說。

「說妳會週期性地畫出一些特別的插圖，在我們編輯部內造成話題呢！從事創作的人，果然都是以本能來畫的哦！」

春代用心去想。這麼說來，好像真的有這麼一回事，有時候她會有奇特的靈感，便進行一些小小的冒險。有時候連自己也不知道這些作品是好是壞，但自己往往都很喜歡。

「這樣說雖然不太禮貌，其實過去這半年，我有時候會想，大山小姐的畫好像已經定型了。不過，這話我也是現在才敢說。」

春代心裡有點不高興——我的畫都是在水準以上！

「啊，對不起。妳的畫都很不錯，不過我的意思是，大概都在意料之中……」

「嗯，也許真的是這樣。」

「編輯是很喜歡驚喜的，我們都很想看到新的東西，所以只要有傑作進來，我們也會高興得不得了，想來拜訪一下。」編輯說著，提起放在地上的一個紙袋。「這是FAUCHON 的餅乾，請在工作空檔的時候嚐嚐吧！」

「啊！」春代驚呼出聲，接著鼻腔深處一酸。

勇氣與感激的心情泉湧而出。還好自己沒有放棄工作，有成就感，人生才有意義啊！

回到家，春代翻開過去的作品集，因為編輯所說的「會週期性地畫出一些特別的插圖——」這幾句話讓她好奇。

一看，確實可以分出冒險的作品和沒有冒險的作品。

為什麼呢？她看著窗外的景色，陷入沉思。

忽然間想到一件事，便查看她喜歡的作品的完成時期，只要看雜誌的期數就知道了，而且作品的簡介處會印上小小的發行日。

畫這個的時候，自己在做些什麼？前年夏天……對了，榮一辭掉租賃公司，開始從事代辦服務。她還記得那時候榮一沒跟她商量就一頭栽進去，自己還在生悶氣。

她又看了另一張第一次嘗試用毛筆完成的作品。那是三年前的秋天……有了，榮一就是那時候說要辭掉服飾公司，開始做代辦同學會的生意。

春代對著攤開的檔案皺起眉頭，這是……不，這應該純屬偶然吧！

她又查看了其他的作品，但就記憶所及，都與榮一有關。每次畫出好作品的時候，一定都與榮一辭職創業的時期一致。

這奇妙的巧合該如何解釋？表示榮一的創業可以讓自己畫出好作品嗎？那個冒失莽撞的丈夫——

春代不知該作何感想，看著作品，發了一個多小時的呆。

榮一的店開張了。春代在家裡待不住，於是便去幫忙，到完工的大樓和社區發開幕特賣的傳單。傳單是春代做的手寫傳單，榮一叫塚本做的傳單活像地下劇團的傳單，春代看不過去，便伸出援手。

「希望有客人上門。」儘管有過多次經驗，但內心還是提心吊膽。這門生意要是成功，就能買房子、養小孩，不知不覺連春代也作起白日夢來。

「一定會的啦！」榮一很悠哉。

「會來的，還會帶著錢包蜂擁而至，哇哈哈哈哈！」

沼口咧嘴大笑。春代怎麼樣都無法喜歡這個沒水準的男人，甚至還怕他會捲款潛逃，擔起這種觸霉頭的心。

第一位客人是這棟建築的所有人，也就是房東。這對看來溫厚和氣的老夫婦以「要加油哦」來鼓勵他們，買了門墊離去。看來他們很喜歡榮一，別的不說，就連前一家公司的社長都送了花籃，榮一就只有人緣是屬於大聯盟級的。

但之後就連半個客人都沒有。走在路上的都是上班族或粉領族，這也難怪，因為這裡是沒有住宅區和商店街的品川車站前。

春代來到馬路上眺望店面。陳列做得不差，店門口擺了特價中的地毯，看起來很熱鬧。只是店員太多了，隻身前來的客人恐怕不太敢進去。此時榮一來到她身邊。

「妳要叫賣嗎？」

「別傻了，你看，都是店員在殺風景。我覺得沒客人的時候，最好叫他們到後面的辦公室去。」

「好，我會的。」

「對了，為什麼要請到兩個人？」

「因為送地毯的時候需要兩個人，送貨的時候要有人看店啊！」

「既然這樣，送貨的時候請打工的不就好了嗎？」她以責備的口氣問。

「對哦！還有這個辦法。」

頭好痛，一定要先辭掉沼田，最好也能換掉塚本。

「我跟你說，叫年輕親切的女孩子站在看得見的地方，你在後面處理雜事兼等客人上門。等客人來了，你再出來推薦商品，要這樣做生意才行。」

「那就是要叫塚本小姐站收銀了。」

如果她親切的話啦——春代忍住想說這句話的衝動，嘆了一口氣。雖然這樣可以不必擔心榮一亂來，但他對女孩子的博愛精神也太超過了。

自己明明有工作，卻一整天往店裡跑。上門的客人就只有附近社區的幾組主婦，而且專挑特價品買，第一天的營業額連五萬都不到，春代越來越不安了。

唯一的安慰是榮一的好人緣。主婦們一邊七嘴八舌地挑東西，一邊很快就和榮一打成一片。春代這才明白榮一當業務時為何會備受老闆重視，因為他不會讓別人起戒心。

「下禮拜運河旁的高塔大樓就會落成，也會有人開始搬進去，那才是我們的第一場硬仗。總共有五百戶要搬進去，只要有一成的住戶來買，我們的生意就做不完了。」

榮一仍是一派樂觀。

「對對對，賺一票就走人，哇哈哈！」

沼田仰天大笑，沉默的塚本靜靜地處理訂單。

回到家專心從事插圖的工作，創意源源不絕，五張插圖才短短兩個小時就完成了。感覺就像原本波濤洶湧的湖面靜得有如鏡子般，不斷映出東西來，而且作品都很出色，連自己都看得出下筆沒有任何窒礙，每一張插圖都渾然天成。

唔——可能又會在編輯部造成話題囉！——春代心情一好，便忍不住哼起歌來，壓抑不住雀躍的心情。

「妳好像很高興嘛？」榮一到工作房來看她。「還哼歌呢！」

「喂喂，你覺得這張插圖怎麼樣？」

「是妳畫的？」

「不是我還有誰啊？」

「背後靈啊！」

「你就不能說點好聽的嗎？」

她以不屑的眼神回答，但榮一的玩笑卻觸動了她。先別說是不是背後靈，她的確有種被上身的感覺，悶在心裡太可惜了，所以她把最近工作順利的事告訴榮一，還有靈感自然湧現，對照時間都神奇地與榮一開始發展事業的時期吻合。

「一定是我們夫婦之間有感應啦！被丈夫冒險創業的精神刺激，妳沉睡的才能就醒來啦！」

榮一一臉得意地說，一副叫春代感謝他的態度。

「才不是咧！一定是神明的安排，就算丈夫事業失敗沒飯吃，我一個人也可以活下去。」

聽春代這麼一回嘴，榮一像松本清張般噘起下唇，走出房間。

雖然是隨口說的一句玩笑話，春代卻覺得可能被自己說中了，一定是因為察覺到家裡的危機，所以想要挺身支援。就算榮一事業失敗，春代也沒有離婚的意思，原因倒不是因為深愛著他，自己的感情沒有那麼強烈，只是少了他會相當寂寞。

無論如何，畫出滿意的作品時，心情總是很愉快。搞不好有機會畫一些雜誌的封面——春代暫時沉浸在美好的幻想中。

傳播界就是這樣，工作一有好表現，電話號碼就傳得人盡皆知。一些眼尖的編輯和製作公司的導演都找上春代，其中還有廣告海報的工作。雖然是提案用的，還不是正式決定，但如果比稿勝出，自己所畫的海報就會被貼在車站和街頭。

這教春代不興奮也難，因為自己終於有機會出名了，但是來自工作的成就感更讓她高興，在過去一直擔任配角的自己眼前，已經鋪好了紅毯。

雖然考慮過在家裡專心工作，但白天時實在很擔心榮一的生意，所以她決定到堆滿紙箱的倉庫裡構思草圖。

「喏，花朵圖案和蕾絲的需要量還滿多的，要不要多進點貨？」榮一三不五時就跑來找她商量。

「那只是剛好接連來了幾個喜歡浪漫的童話感的主婦而已，這種客人沒什麼錢，不用理她們。」

「女人對女人好嚴厲啊！」

「你要建議客人買貴的哦！可以花點心思，像是在店裡的桌上擺幾本國外的高級室內設計雜誌讓客人翻閱什麼的。」

「原來如此，那我馬上叫塚本小姐去買。」

思緒頻頻被打斷，工作根本沒什麼進展。

「對了，運河邊的高塔大樓已經可以搬進去住了不是嗎？有沒有客人來買？」

「客人沒有預期的多。真奇怪，每一戶的信箱我們都發了傳單啊！」

「你還這麼悠哉……」春代皺起眉頭。「那就得去調查客人是在哪裡買窗簾的啊！既然有競爭對手，我們就得想對策才行。」

「嗯，我知道了。」榮一像個挨罵的孩子般點頭，讓春代忍不住想，乾脆自己來當店長算了。

榮一找到一戶正在搬家的人家，直接詢問的結果，發現了驚人的真相。原來大型連鎖家具店和房地產公司合作，在住戶搬家前就已經發送窗簾的折價券了。

「他們好像是提供樣品屋裡的家具，條件是生意給他們做，而且客人買窗簾的時候也會順便看家具。」榮一抓著額頭說。

春代聽得背脊發涼。為了開店，他們投資了幾百萬，要是沒有賺，留下的就只有債務。

「大家想的都一樣，連百貨公司也對買房子的人發動ＤＭ攻勢。」

「你哦，別說得事不干己的樣子，也想想辦法啊！」春代的聲音不由得大了起來。

「我當然想了啊！」

「想到什麼？說來聽聽啊！」

「哼、哼、哼！」榮一胸有成竹地笑了，只見他挺起胸，雙手在胸前交抱。「妳想知道？」

「別賣關子了！」春代忍不住拿橡皮擦丟他。

榮一提出的計畫，是事先量好新大樓公寓的窗戶尺寸，預先把窗簾做好。最近公寓的窗戶都是特殊尺寸，一般成品不適用，所以訂製之後通常最少都要等一個星期才能交貨，這段期間裡，就得過沒有窗簾的日子。

「窗簾這種東西，一定是搬家當天就會想要吧？所以我們就用『本店有符合您大樓窗戶規格的窗簾』的優勢來主打。」

榮一自信滿滿的。沒想到，他已經跑到搬家的那戶人家裡去，量好窗戶的尺寸了。

「你這個做法風險會不會太高了？」

「多少有一點啦！不過，主要就選遮光性好的米色或灰色來做，而且一般客人對蕾絲窗紗都不會挑花樣……」

「可是要是賣不掉就完了，因為那個尺寸是特別訂做的。」

「就是要賭啊！」

「你講得簡單。」

春代把一肚子的怨言用力吞下去。先做好符合尺寸的窗簾，趕著要用的客人確實會很高興，但要是客人不喜歡就會賣不掉，這種辦法的風險實在太大了。

「我量的格局是戶數最多的那種，先叫人趕五十組起來吧！」

「這要花多少錢？」

「趕工要另外加錢，粗估大概三百萬，開支票應該可以應付。」

「你才剛入行，人家怎麼可能肯收你的支票？中盤也是現金交易吧？」

「拜託一下，應該可以。」

「唔——」

春代看著倉庫的天花板沉吟。由榮一出馬的話，對方可能真的會通融，這個人，只有在拜託別人時是橫綱級的。

「那我去試試看囉！什麼事都要試過才知道。」榮一說完就要走。

「等一下！做三十組吧！」春代說著，沒辦法，這點風險是避不了的。再說，現在插圖的工作非常順利，就算榮一這邊搞砸了，靠自己也能過日子。她想到這裡，便喊了一聲為自己打氣。

她深深靠在鋼管椅上，閉上眼睛。如此一來，馬上就像濃霧散去一般，海報的影像在腦子裡逐漸湧現。

哇哦！她在嘴裡驚呼，搞不好我真的是天才——

## 4

春代把花了三天時間畫好的插圖拿給製作公司的人看，那個豎起馬球衫領子、一副傳播人打扮的導演高興得差點跳了起來。

「這個、這個！就是這個！啊，委託大山小姐真是太好了。」

同席的設計師也睜大了眼睛。

「嗯，真的很棒，既嶄新又不會流於自以為是，我覺得有一般大眾都能接受的親切感。」

這可說是最好的讚美了，春代止不住臉上的笑。

「妳花了多少天？」對方這麼問，她謊稱「一星期」，還是讓他們覺得她花了很多時間比較好。即使如此，他們還是嚷著「好快」，表示大為驚訝。

對方表示由於尚在提案階段，酬勞才十多萬，但若經採用，立刻就會翻幾翻。不愧是廣告業，錢給得真大方，如果接案的來源繼續擴展下去，年收入一千萬元將不是夢。

來到三天沒有露面的店裡，發現窗簾的生意很好。

「不可能吧！」這句沒禮貌的話不由得脫口而出。因為她已養成習慣，對榮一做的事不抱期待，所以根本沒想到會一切順利。

「買個窗簾最快也要等一個禮拜，客人果然很不滿。我們在傳單上寫『本店有符合貴住戶窗戶規格的窗簾』，一丟進信箱後立刻見效。」

「噢。」春代一時之間難以相信。

「好在我豁出去，訂了高級品，要是廉價品，客人一定也會猶豫的，沒有人會想在才剛買的新房子裡掛粗製濫造的窗簾吧！」

「是哦……」

「而且蕾絲窗紗也賣翻了。有很多客人都是先買蕾絲窗紗，讓外面看不到，然後再另外訂厚的窗簾。」

「那賣了多少？」

「大概一百組。」

「怎麼會有那麼多可以賣？你不是只訂了三十組嗎？」

春代語氣強硬地質疑，榮一的回答是：「因為我瞞著妳，決定賭這一把。」說話時也不見他有歉疚的樣子。

春代全身虛脫，大山家的一家之主對於下這麼大筆賭注不會緊張嗎？

往倉庫一看，沼田和塚本忙得滿頭大汗。沼田將打層次的頭髮剃成三分頭，相反地，塚本卻化起妝來，顯得比較有女人味。春代頗為吃驚，心裡暗自道歉：對不起，我把妳看扁了，看來這家店已經逐漸上軌道了——

而且她心裡想，還是做生意賺得多，這麼一來應該有幾百萬的利潤才對。像畫插圖那種老老實實的賺錢法根本無法相提並論。

「這方法是可行的，家具連鎖店和百貨公司應該不敢冒險先把成品做好，所以完全是我們的天下。」

「嗯，也許吧……」

「現在還有房子在賣，我想去量一下他們樣品屋窗戶的尺寸。夫妻一起去比較自然，妳陪我去吧！」

「嗯，好。」

好久沒有按照榮一的指示做事了，春代不由得以尊敬的眼神望著主導自己的丈夫。

兩人口袋裡藏著尺，來到即將落成的四十層公寓大樓的樣品屋。這個建案總戶數多達一千兩百戶，即使在東京都內也是屬一屬二的。

首先在櫃檯填寫問卷上的必要事項。也許他們看起來很像想買房子的夫婦，銷售員搓著手走過來。

就在春代隨口應付銷售員問題的期間，榮一拿尺量窗戶的大小。雖然是當著銷售員的面，但是對方也沒有起疑，可能反而以為他們是認真看房子的客人。

參觀著樣品屋，春代真的興起了買房子的念頭。這間當工作室，另一間當將來出生的孩子的房間……光是想像，春代內心便充滿期待。三房兩廳就要七千多萬日幣，對現在的他們而言是太貴了，但如果窗簾店經營得不錯，就完全在他們的射程範圍內。實際上，他們剛才一下子就賺了幾百萬，如果能接到這個建案兩成客戶的生意，應該就有一千萬以上的收入，然後再照這個步驟繼續拓展新公寓大樓的生意……

「喏，我想買這裡的房子。」她搖著榮一的手臂說，用的是撒嬌的語氣，一點都不像平常的自己。鎖售員聽到了，眼睛頓時發亮，靠了過來。

就在這時候，榮一面向銷售員說：

「其實，我們是在品川車站前開窗簾店的。」

咦？榮一為什麼要說出來？春代心裡很著急，要是對方知道他們的意圖，也許會阻止他們的行動。

「很抱歉這麼冒昧，但能不能跟我們做一筆交易？絕不會讓貴公司吃虧的。」

榮一的嘴角露出笑容。他有一張娃娃臉，所以看起來就像新手業務突然上門推銷。

對方的表情當然變了。一方面對他們不是客人感到失望，一方面又對榮一打算說的話產生警戒。

榮一開誠佈公地說自己是開個人商店，因為實在無法和大型連鎖店競爭，所以做的是先做好成品再販賣的生意，還說這個做法目前已經在別的大樓實行，而且反應極佳。

「所以我們有個提案。我想，大樓裡的案件未必可以全部售完，剩下的房子大多都會提供多種優惠再次推出吧？我們的提案是這樣的，我們願意為這些再次推出的房子免費提供窗簾，而相反的，是否可以讓我們測量您這裡所有類型的窗戶尺寸呢？同時，在簽約時也請您將我們的傳單交給客人……」

「呃……」銷售員對於突如其來的狀況有點不知所措。

「如果已經有其他合作的業者的話，我們就放棄……」

「沒有，我想是沒有的。只是，以我的立場無法給兩位答案……」

「當然，請您與公司內部討論，我可以明天就提出書面的申請。貴公司只要代為轉交傳單，不必推銷窗簾，也不必對我們的商品負任何責任。我想對貴公司是沒有任何損失的。」

「啊……是啊。」

「我想這是前所未有的提案，只是我們個人商店如果不這麼做，實在無法生存，所以還請您研究一下這個提案的可行性。」

榮一深深一鞠躬，春代連忙有樣學樣，對方也跟著回禮。

啊啊，原來如此，所謂的單刀直入就是這樣啊！原來我的丈夫都是這樣直搗黃龍的。春代覺得對榮一有了新的認識。

「那麼，我們告辭吧！」

「啊，是的。」春代不知不覺地像個柔順的妻子般回答。

再次行禮後，走出了樣品屋。春代跟在榮一身後，總覺得丈夫的背影看起來好可靠。從結婚以來，她第一次有這種心情。

第二天，榮一的提案立刻獲得同意。房地產公司的人特地來到店裡，表示願意合作，甚至簽了簡單的協定。若賣剩的戶數多達數十戶，窗簾店的損失會太大，於是雙方便協議出一個上限。對方的業務負責人似乎完全敞開心房，還開玩笑說：「等這筆生意做完，要不要到我們公司上班？」榮一果然是天生的業務好手。

沒想到第二天，春代的海報落選了。

「好像是內定的，八成是背地裡給了回扣。中選的海報一點意思都沒有，大家都傻眼了，幹這一行的都是一群笨蛋。」導演在電話裡大發牢騷。

「噢，這樣啊。」

她不想附和這種世故之人的論調，便含糊應付。雖然對方說：「要是還有什麼案子，會再拜託妳。」她卻叫自己聽聽就算了，不要當真，因為她的熱情已經消退了。

感覺好像什麼尖銳的東西折斷了。就像刺蝟把刺收起來，又像是方形的起司融化一般──整個心情都變柔和了。

奇怪的是，她竟然一點都不覺得不甘心，當初明明畫得那麼認真的。也罷，她決定從容以對。

注意力轉移到別的地方，想想今晚要做什麼菜好了。榮一回來一定很累，想讓他吃點好吃的。冰箱裡有豬肉，那來做個糖醋裡脊好了，再配個蛋花湯、加個海藻沙拉……

在那之前，要先面對肯特紙，好歹還是有工作要做的。

她試著畫雜誌的插圖。

閉上眼二十分鐘，但什麼靈感都沒有。

啊——啊，結束了啊！她暗自苦笑，下次不知道什麼時候靈感才會來？

打電話到店裡找榮一。「今晚吃糖醋裡脊好不好？」

「嗯，好啊，但不要加青椒哦！」聲音和平常一樣悠哉。

「不要像個小孩子一樣任性，不然這樣，改成彩椒好了。」

「什麼是彩椒？」

「彩椒就是彩椒。喏，店裡生意好嗎？」

「好極了，訂單多得不得了。而且啊，我今天又到別的樣品屋去談了，他們說會好好考慮。」

「搞不好你命中注定賣窗簾呢！」

「怎麼可能！賣完一輪之後，我就要按照計畫把店收了。」

「收了店要做什麼？」

「做別的。」

也罷，反正到時候自己又會有靈感了吧——

「別亂跑，要直接回家哦！」

「嗯，我知道了。」

掛斷電話，心中湧起一股幸福的感覺。

春代站了起來，走進廚房。

# 妻子與糙米飯

妻と玄米御飯

# 1

每天吃的白米飯換成糙米了，都怪妻子迷上「樂活」這玩意兒。

四十二歲的大塚康夫是個小說家，工作時的書房就在自己家裡，所以餐點大多是吃妻子里美準備的東西，諸如薑燒豬肉、炸雞塊、漢堡等，這些菜色主要是兩個發育中的兒子要求的。過去的妻子總是像聖母瑪利亞般溫柔地接受點菜，俐落地在廚房料理。

順帶一提，炸雞塊和漢堡是冷凍食品。因為里美本來在車站前的補習班兼差當總務，做家事的時間有限，對此康夫沒有怨言，孩子們對吃的也從來不會有過分要求。

但今年情況大不相同。因為康夫獲得著名的文學獎，出版了第一本暢銷書，同時，之前出版的舊書也因此大賣特賣，令人難以置信的驚人金額匯進了銀行戶頭，改變之大，簡直可以用「鹹魚翻身」形容。

一開始還有所顧忌，只是一家四口小小地奢侈一下，像是到夏威夷旅行，或是到銀座吃個壽喜鍋之類的，但當存款金額超過一億日幣的時候，妻子便率先闊氣起來。

「孩子的爸，我可以辭掉工作嗎？」

「當然。」

里美首先將房子的貸款付清，買了不少投資理財的工具書，開始投資。接著對消費的要求也提高了，或許是因為選擇變多了，不管買什麼東西都很講究。

第一個令妻子心動的，是有機棉這個東西。據說一般使用的棉花，從栽培、紡織到加工都使用了大量化學藥品，會破壞地球環境，而使用無農藥有機栽培的棉花所製作出來的成品，就等於有助環保。

「你看，這條毛巾就算不用柔軟精也這麼軟。」里美說。康夫雖然感覺不出來，但基於夫婦間的禮貌點了點頭。對於康夫詢問「多少錢？」的問題，卻只得到「非常合理」的說法。

然後，她經常出入買毛巾的那家有機天然用品店，那裡的客人介紹她去上瑜伽課，不知為何又發展成團購有機蔬菜，當夫婦對話中不時出現「樂活」這個字眼時，糙米飯便以壓軸明星的姿態出現在餐桌上。

所謂的樂活，指的是「追求健康與永續環保的生活型態」，是九〇年代後期於美國興起的理念。

康夫從鼻子吁了一口氣，嚼起十分乾澀的糙米飯。稻殼都還留著，顏色也不好看，孩子們明白表示他們的不滿，要求吃白米飯。

「要細嚼慢嚥，喏，慢慢就會有甜味跑出來，這樣不是就能吃出穀物的美味了嗎？不要去皮，要把食物完整的營養全部吃進去，這就是樂活。惠介、洋介，難道你們想被人脫皮嗎？」

母親不合邏輯的問題，讓小學五年級的雙胞胎兄弟不服氣地噘起嘴。

康夫雖然不情願，但還是接受了。多年來的放縱，使他的腰部多了一圈贅肉，定期健康檢查指出內臟脂肪過多，他想乘這個機會稍微減個肥。至於妻子的消費行為，總比狂買 CHANEL 和 HERMES 好多了。

第一次吃的糙米飯沒有煮透，咬起來很硬，還有米糠味。里美自己表示「沒有煮好」，康夫便以「就第一次來說算很不錯了」安慰她。

才吃一碗飯就飽了，一定是因為每一口都嚼二十下的關係。

早上六點起床。因為家裡半年前開始養狗，而早上遛狗是康夫的工作。孩子們對養狗大為贊成，康夫也沒有異議，但「想養柴犬」的意見卻被里美否決，於是毛又鬆又軟的黃金獵犬成了家裡的一員。名字「佛萊迪」是里美取的，因為她說長得很像皇后合唱團的主唱。

外國狗有種出身自好人家的派頭。如果穿運動服踩著涼鞋帶狗出去，反而像是人在伺候狗，所以他只好一大早就穿起休閒長褲和羊毛衫，套上愛迪達的網球鞋。

里美吩咐的遛狗路線會經過一片寬闊的河堤，一去，那個地區的狗都聚在那裡。河岸的工廠遺址蓋好了新車站和大規模的住宅區，因此以三、四十歲為主的家庭一口氣增加了不少。聚在這裡的人大多都是新搬來的，住宅區規劃了綠地，空間寬敞，價錢也偏高，因此住戶的所得都在水準之上。看準了這點，Queens 伊勢丹超市也在這裡開店。

「大塚先生，早安。」年紀與他相當的佐野夫婦出聲招呼。

「你們早。」康夫堆起笑容點頭。

佐野先生開了一家廣告公司，美貌的夫人優子則是當過模特兒的家庭主婦，有兩個分別唸國一和小五的小孩，說起來，家庭成員很相似。

連狗也是同樣的品種。原本介紹里美那家寵物店的就是優子夫人，不僅如此，瑜伽教室、有機蔬菜都是在優子夫人的邀約之下開始的。換句話說，她是提倡樂活的先驅。

「里美今天會去瑜伽教室上課嗎？」優子夫人問。

「嗯，我想應該會。」

「今天教呼吸法的老師會特地從原宿的教室過來這裡。」

「哦，這樣啊。」

「大塚先生，你的時間可以自由掌控，怎麼不一起來參加呢？」她瞇起眼睛，露出清新的微笑。

「不了，我就不用了，我只會礙手礙腳的。」康夫笑了笑，搔搔頭。

優子夫人不但是個美人，態度也很親切，但康夫就是不知道該如何應對。她清澈的眼底有著堅定不移的自信，讓他不由自主地退縮。

「優子，怎麼能對暢銷作家說『時間可以自由掌控』呢？大塚先生，你說是不是？倒是要不要參加企業座談會？主題是我所提倡的『企業樂活』，只要一個小時就好。如果你願意，我馬上就準備資料，幫你安排。」

做丈夫的佐野摸著下巴說，馬球衫的領子還做作地豎起來。

「不了不了，光是小說我就忙不過來了……」

康夫放低姿態，連忙搖手。這個一副以知識分子自居的佐野，他也不知如何相處。臉上的鬍子看似沒有整理，卻永遠維持同樣的長度；最近才剛把車子從奧迪換成豐田的油電混合車，每次逮到機會就大肆宣揚這件事的意義。

康夫從年輕時就很反骨，討厭交際，不愛聽場面話，對流行大多抱持懷疑的態度。就是因為上班弄得他幾乎快精神分裂，所以才苦苦尋求一個人也能做的工作，最後才會當作家。雖然他沒有非做不可的主義或主張，倒也好惡分明。他喜歡詼諧和幽默感，不想靠近自戀和開不起玩笑的人。佐野夫婦從頭到腳散發出一種女性雜誌上的「時尚感」，讓康夫「渾身不對勁」。

「啊！對了，我的朋友到紐約買了一箱 magic soap 回來。如果里美要的話，我請朋友預留下來。」優子夫人說。

「Magic soap？」

「一種有名的環保肥皂。從廚房清潔到洗臉、幫狗狗洗澡，什麼都能洗，他們沒有用石化類的物質，不會傷害環境和我們的皮膚。」

「我知道了，我會問她的。」

「家庭廢水的排放是一件非常重要的事。以前河川或海洋裡的微生物能夠淨化污水，可是現在都是化學物質，自然的淨化作用已經負荷不了了。」

「嗯，的確是如此。」

「我跟你說，洗碗最好是泡著洗。」佐野也插嘴。「這樣的用水量比開著水龍頭洗起碼減少八成。大塚先生，你有沒有幫忙做家事？」

喜歡故作女性主義者也是這位先生的特徵之一。

「有啊！我家的浴室是我在掃的。」

其實只有週末才打掃，但為了面子故意這麼說。

「對了，說到浴室，有一種很好的泡澡劑哦！不但有芳療的效果，還能夠淨化熱水……」優子夫人的話匣子又開了。

康夫看看手錶。「啊！我該回去了。」

看他們還要繼續賣弄下去，康夫便把放開狗鍊、在河岸玩耍的佛萊迪叫回來，準備走人。環保節能的話題很令人頭痛，因為再怎麼討厭都是對的。

佛萊迪飛奔而來，但在前方停下腳步，繞路躲到康夫背後。人家常說什麼人養什麼狗，看來即使是外國狗，還是繼承了康夫怕生的個性。

「那麼，我先失陪了。」打過招呼後，他便離開飼主們的圈子，聚在這裡的多半是外國狗。發現很多人都把狗養在家裡之後，康夫非常驚訝，看來這些人一定很溺愛狗。大塚家一向貫徹康夫的方針：狗就該待在狗屋裡。

「你跟其他的狗處得好不好啊？」大塚邊走邊向佛萊迪咕噥。佛萊迪一回頭，便皺眉似的露出牙齦，又轉頭向前走，真搞不懂這傢伙。

看牠好像很想跑的樣子，康夫便以慢跑的速度跑了起來，吸一口秋天冷冷的空氣，真教人心胸舒暢，拜佛萊迪之賜，早起已完全成為他的生活常態。

回到家，第一件事就是喝里美做的果菜汁，紅蘿蔔、蘋果、芹菜加檸檬汁，再加蜂蜜調出來的。惠介和洋介也都起床了，一起喝了果菜汁，兩個人都捏著鼻子喝。

「好好地喝。」里美糾正他們的餐桌禮儀。

「可是這一點都不好喝啊！」「不要加芹菜啦！」兩人都有意見。

「不吃蔬菜會長不高。」

「我寧願長不高。」「我也是，長太高會被叫去當守門員。」

孩子到了小學五年級，就伶牙俐齒起來。

早餐是糙米飯配水煮牛蒡、清蒸蔬菜和海帶芽豆腐沙拉。所有菜色的味道都很清淡，但也因此能吃出蔬菜的味道，他甚至為南瓜竟如此清甜大為驚訝，其中附帶的好處是，餐桌樂活化之後，通便順暢許多，屁聲也異常清脆響亮。

里美挺直了背脊，以模特兒般的姿勢咀嚼著糙米。那種專心的模樣，彷彿心裡在唸經似的唸著：「變漂亮、變漂亮。」

當然，孩子們並不歡迎這樣的菜色，之前他們的早餐是白飯上放著火腿蛋，倒醬油、撒香鬆，把這些全拌在一起吃。含有多種添加物的香鬆當然被逐出餐桌，里美說：「媽媽會自己做香鬆，你們再等一下。」正在匯集烤過後研碎的魚骨。

「媽，可以在飯上面加顆蛋嗎？」

「不行，你們學校今天的營養午餐有蛋包冬粉了不是嗎？早餐再吃蛋就吃太多了，媽媽選的菜色可是考慮過均衡營養的。」

「呿！」惠介皺皺鼻子，把加了海苔醬的糙米扒進嘴裡。

「我說，媽媽，樂活是很好，可是孩子們就不用了吧？他們正處於需要熱量的時期，就算吸收了脂肪，也一下子就分解掉了。」康夫邊吃邊說。

「不行，體質是從小培養出來的，健康可不是一朝一夕想要就有的。」

「話是沒錯，可是太神經質也不太好吧？人本來就有抵抗力。不說別的，我們以前吃糖蜜素也沒事啊！」

「才不是那樣，我們是在出事之前及時獲救了。要是再繼續吃下去，我們早就死了。」

「哪有那麼誇張……」

康夫拗不過妻子，朝兒子看過去，他們臉上寫著爸爸加油。

「對了，今晚吃豬排好不好？我滿想吃肉的。」康夫提議。

「要吃肉的話就吃雞肉，我來做清蒸雞肉好了。不然，在雞肚子裡塞糯米煮雞湯也可以。」里美說。

「不了，我想在炸得酥酥脆脆的豬排上淋一大堆醬汁……」

「我們家已經從那種東西畢業了。」

「畢業……」

「人家佐野家自從把飲食改成以穀物為主以後，一家四口三年來都沒感冒。我可以跟你賭，今年冬天，惠介和洋介都不會感冒。」

里美充滿自信地說，對康夫的要求完全聽不進耳裡。

孩子們面面相覷，惠介「咳、咳」地假咳起來，此時洋介也跟著學，兄弟倆不斷「咳咳」。不言可喻的同伴感，讓康夫也加入陣容。「咳咳、咳咳。」父子三人朝著里美咳嗽。

「真是的，連爸爸也跟著胡鬧。」

「啊啊，好想大口咬帶油花的豬排啊！」

「好想吃加了醬汁的豬排～」

「好啦！媽媽，高麗菜我也會吃的，拜託啦！」

「豬排、豬排！」父子三人合唱。

里美以同情的眼神嘆了口氣，讓步了。「好吧！我就做給你們吃，但是你們吃多少豬排，就要吃多少青菜。」

「萬歲！」康夫和兒子們互相擊掌。

一想到有好久沒吃的豬排可吃，連康夫這個大人也重拾童心。既然要吃，真希望能配白飯吃。

吃完早飯，就走進由一樓客房翻修而成的書房。以前也考慮過在附近租個工作室，但里美以一句「太浪費了」就回絕了，說反正不會有客人來住，就把兩坪左右的和室改成木頭地板，被書架包圍有如駕駛艙的書房於焉誕生。然而現在有錢了，他正考慮要不要找一個獨立的工作室，地點最好是位在東京都中心的高樓裡。搭電車來回雖然麻煩，但想區分工作與休息的心情比通勤的需求更強烈，其實當中也包含了男人的願望——在飽覽東京夜景的工作室裡，也許哪天有機會發生什麼不可告人的秘密。

只不過里美好像打算蓋一棟新家。她買了一大堆住宅雜誌，研究得不遺餘力。當然以樂活為第一優先，目標好像是要蓋完全不使用化學物質的自然住宅。目前康夫仍靜觀其變。

啟動電腦，喝了咖啡，休息一會兒之後開始動筆。他主要寫的是幽默小說，一直到去年，編輯都冷漠以對，說：「幽默小說在日本不會賣的。」「改寫推理小說如何？」然而一旦得獎變暢銷作品之後，身邊的人就態度丕變，邀稿不斷，真是世態炎涼啊！

在上班族時代，康夫被說成是喜歡單獨行動的怪人，而這一點現在反而派上用場，因為沒有冷眼旁觀的本事是寫不成幽默小說的。只有現實主義者才懂得人們的荒唐滑稽，但由於自己沒有深厚的文學素養，執筆往往是苦事一樁。尤其是截稿日期逼近又沒有靈感的時候，真的很想搞失蹤，一點都不誇張。

院子裡傳來木槌敲石頭的聲音，原來是里美正在敲掉停車位的水泥，改鋪石板，目的是為了讓草從縫隙中長出來，儘可能綠化居家。

「要賣的時候可以加分，因為這種環保意識，買方一定也感受得出來。」這是里美的理由。

就算什麼都不做，這一帶的土地就已經在增值了。也許對里美來說，這是好不容易等到的幸福。

「沒想到不必再為錢擔心，是這麼美妙的一件事。」有一次，里美感觸良多地說。以前她雖然沒有說出口，但丈夫辭掉工作，想必對她造成不小的壓力吧！得獎的時候，他隨口說：「以後就可以讓妳過好日子了。」沒想到里美突然放聲大哭。康夫不知如何是好，手足無措之餘也被感染，跟著掉眼淚。

康夫戴上耳塞打字。自從開始過早睡早起的生活之後，不管他願不願意，都必須從早上就開始工作。

## 2

里美的樂活夥伴到家裡來聚會，來的人全都是主婦，佐野優子也是其中之一。她們說是用在海邊撿來的漂流木做成檯燈或花瓶，在有機商店販賣。

康夫心想那根本是閒得發慌的主婦用來消磨時間的手工藝，可能是被里美看出來了吧！於是被迫聽她長篇大論地說使用漂流木的意義——不需砍伐樹木便有木材可用，等於保護森林，有助於防止地球暖化。

康夫在書房裡心不在焉地聽著主婦們的對話。下星期就要截稿了，卻連一頁都寫不出來，他往椅子一靠，雙腿蹺在書桌上，拔起鼻毛來，心想喝杯咖啡好了，便來到廚房。

餐廳裡的主婦們一起轉頭看他。打過招呼後，他問里美：「要不要順便連大家的一起煮？」里美要求：「幫我們泡花茶。」於是自己也跟著喝起花茶。

受到「大塚先生也一起來嘛！」的邀約，他也在餐桌旁坐下來。自從有了得獎作家的頭銜加持後，他突然成了附近主婦間的紅人。里美從架上拿出點心，大家一起吃了「完全無農藥栽培的稻米製作的有機無添加米果」。

「大塚先生，請問一下，要怎麼樣才能當作家？」

一名主婦以欣羨的眼神問，每次都會被問到這個問題。從對話裡聽得出來，她們都沒有看過康夫的小說，作家這個職業就是這樣，連不看書的人也會想當。

「被逼到走投無路就可以了，我就是這樣。」

康夫笑著回答。要養家活口，還背著房貸，卻又無論如何都想辭掉工作，真的會讓人發瘋似的拚命寫作。

「哎呀！真謙虛，越是有才能的人，越是虛懷若谷。」

優子夫人說。雪白的牙齒亮得近乎刺眼，彷彿只有她所在的那一塊打了舞台燈。巴掌大的臉蛋，纖細的脖子，筆直的手比一般人來得修長，不愧是當過模特兒的人，年過四十歲依然美得足以入畫。

「對了，大塚先生，學瑜伽的事你考慮過了嗎？作家常常運動不足吧？我也很想介紹你讓老師認識呢！」

「不行不行，這個人啊，懶得連當上班族的時候都不打高爾夫球。」

里美猛搖手，語帶鄙夷地說。

「可是，不打高爾夫球是好事呀！砍掉森林，改成灑了一大堆農藥的草地，這種行為是最破壞環境的，而且還以應酬為名，把丈夫從家庭裡搶走。我認為大塚先生不打高爾夫球正是樂活的表現。」

優子夫人看著康夫，盈盈一笑。自己明明老大不小了，卻也靦腆起來。

樂活啊，康夫在心中嘲笑。就是因為有優子夫人這種生活條件優渥的美人帶頭，女人們才會被牽著鼻子走。他忽然間興起一個念頭：優子夫人可以當作小說的材料，再上她那個裝模作樣的丈夫，在自己筆下該有多可笑啊！

不行。他暗自搖頭，他們住得近，不能做這種後果不堪設想的事……

「大塚先生是做自己喜歡的事賺錢，所以基本上是個很自然的人。」優子夫人說。

自然的人啊，康夫開始不自在了。

「可是啊，我這個老公討厭吃糙米飯。」里美恨恨地說。

「要習慣啊！沒多久肌膚就會緊實，臉也會變小，以後就不會想吃糙米以外的東西了。」

「咦？臉會變小？」主婦們表情都變了。

「對，臉會變小，因為我老公就是在改吃糙米以後……」

莫名其妙地，從這裡開始就變成熱烈的美容座談會。康夫實在坐不住，趕緊離席。

回到書房，再次面對電腦，再不動筆的話，時間就會來不及。這次要寫的是五十頁的短篇，以自己的能耐，需要五天的時間。

電話響了，是編輯打來的。「還順利嗎？」來確認進度的。

「呃，這個嘛……」康夫老實告訴他沒有靈感。

「一定沒問題的啦！大塚先生是會在截稿前完稿的人，啊哈哈！」

說完這不知是讚美還是消遣的話，便輕鬆掛了電話。看來編輯把幽默作家當作不知煩惱為何物的人種了。

雙手在胸前交抱，閉上眼睛。只要一個靈感，他就有把握可以準時交稿，但沒有就是沒有，所以一個字都寫不出來。

樂活與佐野夫婦……的確值得一寫。康夫從小就愛作弄那些自以為是的人，上班族時代也因為這個毛病而被熱愛紅酒的上司看不順眼。要是寫這個主題，肯定文思泉湧，運筆自如。

可是不行，他沒這個膽子。自己只是個小市民，而且暫時還得在這個地方過日子。嘆了一口氣，先關掉電腦。帶佛萊迪去遛一遛好了，呼吸一下外面的空氣，轉換一下心情，也許會有什麼靈感，雖然他從來沒有遛狗遛出靈感來過。

晚餐吃的是蕪菁葉拌糙米飯，配油豆腐鑲蔬菜和用竹筍、沙丁魚做成的漢堡排。康夫對里美每天都做這麼花工夫的菜色大為佩服，但孩子們已經忍無可忍了。

他們氣鼓鼓地向母親抗議「我還以為是肉」、「被騙了」。

「這些菜是媽媽為了你們著想才做的，吃魚會變聰明呀！功課也會變好，長得好看，臉變小，你們也希望班上的女同學喜歡你們吧！」

「我才不要班上的女同學喜歡。」

「我也是，反正每個都是醜女。」

「不可以說人家是醜女。」

「那，有點臉殘的女生。」

「沒人愛的女生。」

康夫聽了忍不住笑出來。

「爸，你叫媽媽不要再樂活了啦！」

兩人不愧是雙胞胎，最後合唱似的抱怨著，把矛頭轉到他身上。

「可是有益健康是事實啊！爸爸自從開始吃糙米之後，身體變好，肩膀也不痠痛了。」

這時候他以安撫為上策，身體覺得比較輕盈倒是事實。

「那寫小說的速度變快了嗎？」惠介說。

「靈感變多了嗎？」洋介問。

康夫語塞，孩子不知何時學會見縫插針。

「看吧！爸爸遇到瓶頸了。」

「昨天晚上也是，洗完澡還去窩在書房裡。」

「都是因為沒有吃肉。」

「都是樂活害的。」

「你們鬧夠了沒有？不想吃就不要吃。」

里美兇巴巴地說，看得出她因為用心做的菜色遭到嫌棄而心情不好。

「喂，惠介、洋介，乖乖吃飯，星期天晚上爸爸帶你們去吃燒肉。」康夫勸道。

「真的？」「萬歲！」兒子們做出勝利手勢。

「爸爸，怎麼可以隨便答應？」

「有什麼關係，一個禮拜一次還好啦！」

「前天我已經做過豬排了。」

「裡脊不夠看啦！還是要有油脂才行。」

里美以不屑的眼神環視三人，抽抽鼻子，像要趕走雜念般把背脊挺得筆直，她吃一口糙米飯，望著半空咀嚼。看樣子妻子已經成為虔誠的信徒了。

兒子們對望一眼，吃起竹筍沙丁魚漢堡排，之後便再也沒有說什麼話了。

這一週的星期六下午，康夫要去瑜伽教室上體驗課。早上遛狗時，佐野夫婦左一句右一句不斷鼓吹，加上短篇小說一直沒靈感，心想總比關在書房裡好，忍不住就答應了。

「爸爸也要去？」里美似乎不太贊成。

「有什麼關係？我不會打擾妳的。」

「我腳舉不起來，你要是笑我，我可不饒你。」

搞了半天，原來是這麼一回事。

瑜伽原則上要在空腹時進行，夫婦倆便沒吃中飯。妻子為孩子們準備了糙米麵包做的蔬菜三明治，但康夫私下塞錢給他們，要他們「待會再去吃個摩斯漢堡什麼的」，表示與他們站在同一陣線。兩人一臉獲派特殊任務的特務表情，彼此叮嚀：「絕對不能被媽媽知道哦！」

瑜伽教室位在車站前的健身中心裡。學生有九成是女性，男性只有寥寥數人，康夫怕有礙觀瞻，便站在角落。

「大塚先生，不要待在那麼後面呀！」佐野夫婦向他招手。「不了不了。」康夫拚命婉拒。

佐野顯然對自己的體型很有自信，穿著背心和緊身褲，一看就知道是有練過的，和康夫說胖不胖卻明顯看出歲月痕跡的鬆垮體型大不相同。就是因為這樣，所以才不想站在他旁邊。

優子夫人將頭髮盤到頭頂，露出美麗的頸項。仔細一看，手腳修長，體型苗條，腰部曲線玲瓏，臀部還往上翹。四十出頭還能有這樣的身材，真是了不起。

他十分能了解里美崇拜她的心情。不管到了幾歲，美在女人心中的分量依舊，不像男人可以看得開，把自己降級為「阿伯」。

一名骨瘦如柴、令人誤以為是印度人的女老師出來，笑嘻嘻地打招呼。她脖子上血管凸出，眉心那點典型的紅痣讓康夫不禁看得出神。

「那麼，大家開始吧！第一次上課的同學，跟得上的姿勢就跟，不用勉強。像平常一樣，像在跟自己的身體對話一樣，慢慢地，放輕鬆……」

先在墊子上盤坐，伸展背肌，雙手合十向上。

「脖子拉長，下巴朝上，來，吸氣。」

在老師的指揮下，大家一起深呼吸。

「吸氣，吐氣，吸，吐。想像臉上的老廢物質從皮膚一滴一滴地被推擠出去……」

血液聚集到頭部，感到輕微的頭暈，天花板上的照明緩緩晃動，光是這樣臉上就冒汗了，同樣的姿勢持續三分鐘之後，整個身體都熱了起來。

「接下來，請做半蓮花坐單腿背部伸展式。」

老師發出一串奇怪的指令，只見學員們從坐姿變成左腿向前伸直、身體前彎的姿勢。

「來，吐氣，慢慢向前彎，吸氣，看前面……」

這時候就出現明顯差別了，有一半的學生碰不到腳。「痛痛痛痛！」康夫連姿勢都做不出來，里美也不行，佐野夫婦則是遊刃有餘。

之後也做了各式各樣的姿勢。明明在同一個定點沒有移動，卻氣喘吁吁，T恤都被汗水濕透了，原來這就是瑜伽啊！康夫實際感受到氧氣和血液送到每一個細胞，難怪新陳代謝會變好。

「好，接下來是微笑法。」

聽到這個陌生的詞語，向四周一看，學生們以打坐的姿勢做出笑臉。

「笑臉會運動到臉上的表情肌肉，去除臉上的皺紋和水腫，調整自律神經。」

康夫也學著做，心裡的另一個自己認為這實在很詭異。

「好，要充滿活力，要像自己。」老師說。

來了，要像自己，這是康夫認為最讓人噁心的一句話。

正面的鏡子映出自己的笑臉。我這是在幹嘛啊我？要是被編輯他們看到超級怕麻煩的作家在做瑜伽時露出笑臉，一定笑都笑死了。

只不過，神清氣爽也是事實，已經好久沒有流這麼多汗了。兒子們長大不想跟爸爸玩之後，週末他都是躺著過的。

六十分鐘的瑜伽課結束後，老師發表了一段談話。

「瑜伽的本質是凝視內在的自我。不要和別人比，不要競爭，善待他人，保護地球。所謂有瑜伽的生活方式，便是了解自己的身心處於什麼樣的狀態，並且能夠操之在我的生活。各位同學，我們做瑜伽，是從淨化體內做起，進而讓我們的每一天都能感到喜悅。」

這已經算是一種宗教了，康夫從頭到尾都對此保持距離。看著斜後方的里美，她正以心悅誠服的神情專心聽講。

所有人一起拍手，下課了。優子夫人臉上泛著熱氣走過來，說：「很不錯吧！如何，要不要來上一個禮拜兩次的課？」

「呃，這個嘛……」康夫含糊地笑著，避而不答。

「做個半年試試看嘛！可以感覺得出身體裡的毒素都排出去了哦！」做丈夫的佐野也靠過來。「大塚先生比我小兩歲，對吧？」明知道還故意當眾說出來，樂活主婦們開始拿佐野和康夫的身體來比較。

「關節很快就會變軟，感覺身體的變化真的很棒。」

「如果我跟我老婆一起上課，她會覺得很丟臉。」他以玩笑帶過。里美聽到這句話，忿忿地說：「把時間錯開不就好了？」

上完瑜伽課的每個學生表情都宛如新生，明亮極了。純粹——他想到這兩個字。

瑜伽課結束之後，康夫又跟著這群人到有機商店去。商店被自然素材的商品包圍著，發出木頭的味道，裡面有個纏著頭巾、一看就是標準的有機愛用者的店主。

「環保桶進貨了，隨意看看哦！」

正好奇什麼是環保桶，原來就是儲雨水的水槽。根據店主的說法，其目的是有效利用日本豐沛的雨量，防止水庫建設這個破壞自然的元兇。

康夫不動聲色地點頭，心中的他卻全身無力。一個塑膠水桶大小的水槽竟身負如此遠大的理想抱負，簡直就像獨裁國家的政策。

主婦們對環保桶讚不絕口，紛紛購買，里美也沒有問過康夫的意見便把錢包掏出來，佐野夫婦則買了最貴的。

「雨水不像自來水，裡面不含氯，對植物很好。」優子夫人說。

「沒錯，澆花時用這個最好了。」丈夫佐野說。

兩人不約而同露出雪白的牙齒笑了。

康夫臉上堆笑，心裡再次告訴自己絕對不能踏進這個圈子。他們根本就是異教徒。

晚上窩在書房裡，短篇小說的靈感還是不見蹤影，他知道原因出在哪裡。他實在很想拿樂活開刀。先進國家的環保口號是豐衣足食的人們的免罪符，他們想藉環保來顯示自己高人一等的態度根本顯而易見。不說別的，動不動就抬出令人無從反對的高調，不正代表此人的人品之卑劣嗎？——縱使其中有一半是在找碴，但要說壞話的話可是要多少有多少，這種時候寫起來肯定又快又出色。

康夫的內心掙扎不已。啊啊！好想寫，好想把肚子裡的想法一吐為快，當然，他寫的是幽默小說，不是批判，也不會忘記公平原則。他只是想描寫他親眼所見、有些滑稽的人們而已。

喝了咖啡，望著電腦空白的畫面，已經三天了還是寫不出一個字。寫不出小說真的很痛苦，會痛苦得想抓住走在路上的上班族逼問：「這種痛苦你懂嗎？」

就寫吧！他自言自語說著，小說本來就是危險的東西，不是毒也算不上藥的東西沒有存在的意義，幫他出道的編輯曾說，作家有時候必須逞逞匹夫之勇。

看看月曆。指定的截稿日是星期一，那是絕對來不及的，如果延的話……頂多能延到星期三晚上吧！要是今天再不開始寫，以自己的速度來說，是絕對不可能的。

兩個兒子穿著睡衣來到書房，表情悶悶不樂。

「爸，我們國中要上私立的嗎？」惠介說。

「咦？不知道。你媽這麼說嗎？」

「嗯，媽說差不多該去補習了——」

康夫吃了一驚，他們夫婦並沒有談過這些。

「你們想上公立的還是私立的？」

「公立的。我不想通車上學，也不想去考試。」

「我也是。我不想跟朋友分開，也不想退出少年足球隊。」

他們兩個的成績都不錯。康夫一直認為不必硬要上一流大學，只要他們自然而然唸到大學就好。

「好，爸爸會跟媽媽討論的。」他摸摸他們的肩，要他們回房。

他從走廊看向起居室那邊的狀況，里美好像在洗澡，他回到書桌邊抓抓頭。

里美那傢伙搞什麼啊？這種事也不問問老公。雖然他說過孩子的教育問題讓她作主，但考私立中學可是件大事，這也是受到優子夫人的影響嗎？沒記錯的話，她的大女兒的確是上私立中學。既然要樂活，就應該上走路就能到的公立學校才對，這樣不是很矛盾嗎？說到底，女人根本是只活在當前想像裡的利己主義者。

越想越是火，越覺得那些自命清高的人可恨。

要寫嗎？寫那群樂活的人？如果寫這個應該三天就能搞定，自己也有把握寫得有趣，而且反正鄰居主婦們又不看小說雜誌……

對嘛！不會有人看到，就連里美也是等到集結出書才會看丈夫的小說。反正先寫再說，要是覺得不妙，出書的時候再抽掉就好……

不管了！就寫下去了！以後會怎樣以後再說。沒時間了，截稿日期馬上就到了。

他雙手往臉一拍，給自己打氣。一面向電腦，精神立刻集中起來。

## 3

截稿日才過兩天，原稿就完成了。以電子郵件發送給責任編輯，對方看完後立刻來電，以「這才是大塚先生的本色」大為讚賞。

「哎！我也很討厭樂活風潮，那根本就是善意的法西斯主義嘛！擺出一副只有自己最純潔的面孔，其實只是自戀而已，根本就是偽善哪！什麼叫『愛地球』啊？既然這麼愛，幹嘛不把自己家裡的馬桶換成堆肥式的算了？啊哈哈！」

看來完全贏得了編輯的認同，於是兩人熱烈地說了好一陣子樂活的壞話。

「那種給老公吃糙米飯的老婆都不是好老婆。要是我，就一巴掌打過去。」

這句話就有點刺耳了。「我家就是吃糙米飯。」

「啊，不是啦！那個……原來是這樣啊！呃，那個，其實我覺得，這些太太是好太太，會為家人的健康著想……」

編輯結結巴巴地找藉口。

第二天，校稿便出爐了。就算重新讀了一遍，仍然認為這是一篇上乘的幽默小品。環保當然是好事，文章是站在認同的角度，去取笑那些隨流行起舞的人們，用字不夠毒就不是好小說了。

只不過在此同時，不安的情緒也在康夫內心增長。文中出現的那對討人厭的夫妻，不管怎麼看都是在講佐野夫婦，明眼人一看就知道。

該怎麼辦？還是加幾句好話吧？……不，文章裡只要有一點軟弱的味道，讀者馬上嗅得出來。他告訴自己，要向已故的諷刺專欄作家南茜關看齊。

考慮了兩個鐘頭，最後只修了修語尾，就把校稿傳真回去。

這麼一來就不能回頭了。利用批評別人的所作所為來賺錢，這一行還真是造業，康夫暗自嘆息。

在截稿日過後的解放感之下，康夫帶著佛萊迪去散步，在河堤旁望著夕陽，只見優子夫人從堤防的另一端走來，由於作賊心虛，康夫不假思索便躲到草叢後。優子夫人帶著愛犬，挺直著背脊，手臂前後擺動，正在健走，紮在腦後的髮束有節奏感地搖晃著。

看著她那英姿煥發的模樣，康夫開始覺得自己是個卑鄙齷齪的人。

捏捏肚子上的贅肉，一股無法言喻的罪惡感隨之襲來。

回家一進到書房，康夫又再看了一次校稿，因為他驀地感到一陣不安。

雙手在胸前交抱，陷入沉思。文字的拿捏很微妙，儘管是篇不值得一提的幽默短篇小說，但那些熱中樂活的人們也許會覺得受到侮辱。因為小說裡的作家主角看到熱中於漂流木藝術的主婦們，內心想的是：「拿去當柴燒啊！那是柴！」對那對做作夫妻則是咒罵：「讓孩子上公立學校！」

這樣似乎不太好。雖然他也把作家主角描述成一個對別人的一舉一動百般挑剔的怪胎，但自嘲和諷刺別人壓根兒是兩回事。對自己信心滿滿的人，只要被別人稍加取笑就會動怒；個性越是認真的人，越容易歇斯底里。

他心情沉重地倒在椅子上。不經意地向旁邊一看，原本散落在地板上的雜誌已經堆在角落，再看看垃圾桶，發現裡面的紙屑不見了。

一定是里美收拾的。妻子會配合丈夫的工作，等截稿後便幫忙整理書房。說到整理，連放在書桌上的校稿也整整齊齊地摺好，難不成她看過了……不會吧！除了剛當上作家那段期間，最近里美對丈夫的工作幾乎完全不感興趣，也不再過問了。只有新書出版的時候，會禮貌性地說一聲「很好看」而已。

這時候，洋介探頭進來。「爸，吃飯了。」

「哦，好。」他離開書房，來到餐廳。

兒子們在餐桌前就座，滿臉都是笑容。一看，發現裝在飯碗裡的是白飯，盤子裡的則是薑燒豬肉。

他的視線轉向里美。里美以異常平靜的語氣說：「爸爸、惠介和洋介，都不用再吃糙米飯了。」

康夫不知道發生了什麼事，覺得有些困惑。

「媽媽會繼續吃糙米飯和蔬菜，可是不會硬逼你們配合，以後菜色也會分開來。」

康夫吞了一口口水。看樣子妻子在生氣，至少不是平常的樣子，難不成她看過校稿了？康夫感覺下半身陣陣發涼。

「好了，趕快趁熱吃。」

兒子們對母親的態度毫不介意，發出「哇——」的歡笑聲，伸筷子挾肉，配了一大口白飯，說：「還是肉好吃。」臉上滿是笑意。

康夫不知如何是好，只好開始吃飯。呃，得找些話題才行。

「這肉很嫩，真不錯。」

「那當然了，我配合爸爸的收入，買的是鹿兒島的黑豬肉。」里美看也不看他地說著。

咦？話裡似乎有其他意思。

「肉是好肉，調味也很不錯啊！」

「那是市售的醬汁，充滿人工添加物，不過做菜很輕鬆。」

康夫接不下去了，沉默了一會兒，沒辦法，只好轉向惠介和洋介。

「喂，高麗菜也要吃完哦！」

「嗯，好。」「媽，可以加美乃滋嗎？」兒子們問。

「請啊！隨你們高興，家裡做的油醋醬對你們來說味道好像太淡了。」

里美的話句句帶刺，背脊挺得比平常更直，下巴也抬得很高，慢慢咀嚼著糙米飯，一副受不了平庸家人的修道者模樣。

這下連兒子們都發現母親的態度怪怪的，話就變少了，連飯也自己去盛。或許是想討好媽媽，所以高麗菜和番茄都乖乖吃光。

吃完飯，康夫回到書房，又看了一次校稿，他無法放著不管，這次他有了新發現。先前注意力都集中在做作的夫妻和熱中樂活的主婦身上，但小說其實也大大地揶揄了主角的妻子，不說別的，光標題就是「妻子與糙米飯」。如果看過校稿，里美不可能置之不理，看來她果然看過了。

糟糕，康夫皺起眉頭，因為是親人，所以他下筆毫不客氣。在主角嘲笑妻子的樂活生活等橋段裡，還有「反正還不就是庸俗的中產階級『淨撿好處挑』罷了」的形容。

太大意了，看過這篇文章之後，第一個生氣的一定是里美，更何況對其他熱中樂活的主婦來說，她還是嘲諷者的妻子呢！

康夫陷入憂鬱之中，小說家果然沒有一個是好東西，為了譁眾取寵，連老婆都能出賣。這份稿子還是作罷吧！儘管是一篇傑作，不免令人惋惜，但對自己而言，這並不是什麼寧願犧牲夫妻感情也要發表的作品。

猶豫了二十分鐘後，致電編輯，解釋了緣由後，說：「很抱歉，能不能作廢？」

「您在說什麼呀？這可是傑作啊！在大塚先生的所有短篇裡可以排進前五名，怎麼能作廢呢？太浪費了。」

編輯大吃一驚，當場拒絕。

「哎，這我也知道……」

「別擔心，這篇作品的幽默一定能打動千萬人的。」

「可是我老婆……」

「是您想太多了，您確認過了嗎？」

「我是沒去問她……」

「那就是您多心了，總之，作品是不能作廢的，插圖也已經外發了，明天就要進行最後的校稿工作了，大塚先生的短篇會放在這期雜誌的最前面。」

「最前面？至少不要那麼明顯……」

「您在怕什麼啊！堂堂N木賞作家豈能示弱！您身為一個文人，就要有氣節呀！」

「哎，話是沒錯……」

「沒事的，理直氣就壯。」

對方掛了電話。康夫覺得自己好像受到鼓勵，又好像不被當成一回事……

他嘆了一口氣，憂鬱的心情並沒有好轉的跡象。自己本來就是個膽小的人，就是因為不敢當場把心裡的想法說出來，才會特地靠文章抒發。因為擁有這種性格，容易多疑，不敢付諸行動，才無法當組織裡的一員。

拿瑜伽來說好了，瑜伽對健康絕對有好處，那種爽快的感覺他現在還記得。然而，他卻為了取笑熱中此道的人，而故意冷嘲熱諷。

越想越討厭自己，覺得自己是個不知如何享受人生的小人。

一直躲在書房裡也不是辦法，便來到起居室。不見孩子們的身影，只有里美獨自看著雜誌，探頭一看，那是一本訴求環保的雜誌，那一期是居家建築特輯。

「哦，木造的房子很不錯嘛！」康夫主動找話題。

「對啊！雜誌裡報導的房子用的是國產的木材，不會破壞東南亞和亞馬遜的森林。」

里美看著雜誌說。

「那真是太好了。」

「因為用的是國產的天然素材，又是師傅手工蓋的，所以每坪的建築單價比一般房子多四成。」

「咦，是哦？那有什麼好處？」

「不是好處壞處的問題，是看你能不能認同這種想要為環保盡一分心力的建設公司。」

「……這樣啊。」

對話無法繼續下去，為了打破沉默，他拿起遙控器想打開電視。

「啊，我把電源關掉了，一直處於待機狀態，很浪費能源。」里美說。

康夫只好走到電視旁打開電源，電視正在播大胃王比賽。里美看了一眼，不屑地哼了一聲，又回頭去看她的雜誌，氣氛越來越凝重了。

「那個……孩子們就算了，我吃糙米就好了。」康夫說。

「為什麼？不用勉強啊！」

「沒有啊！我想減少內臟脂肪。再說，只煮一個人的飯很難煮吧？」

「你不是討厭樂活嗎？」

「咦，我嗎？」康夫冷汗直冒。

「我不願意做給沒有共鳴的人吃。」

里美站起來，走進廚房，開始為明天的早餐做準備。

康夫不由自主地嚥了一口口水，關掉電視，雙腿微微顫抖地走進書房，拿起書桌上的電話打給編輯部。

「我跟你說，我還是要把那篇稿子作廢。我等一下就到你們公司，熬夜重寫一篇新的，幫我準備一間寫稿室。」

「您在說什麼啊？開、開、開玩笑的吧！」

編輯的聲音都變了，說不出話來。

「我一定會趕出來的，到出清還有三天的時間吧？這段期間我死也會寫出來的。」

「可是，大塚先生，那篇稿子那麼好！」

「別再提這件事了。」

「可是……」

「拜託，這件事關乎我們夫妻的將來。不換掉，我老婆會恨我一輩子。」

「會不會是您想太多了？我請主編來聽。」

「囉唆！我說不行就不行！那篇原稿不能用。」

康夫壓低了嗓門吼。

「您先考慮一個晚上，等稍微冷靜一點再……」

「接下來就得跟時間賽跑了，會開天窗哦！會交白卷哦！你要這樣嗎？」

「別這麼說，請別生氣。」

「反正我搭計程車過去。你等我一下，先別走。」

康夫掛掉電話後，立刻聯絡車行，要求派一輛小型轎車過來。他將筆記型電腦和電子字典放進包包裡，再到臥室取出替換的襯衫和內衣褲，準備出門。

「爸爸，你在做什麼？」里美過來問。

「我等一下要到修英社去閉門趕稿。」

「怎麼啦？你臉色很差呢！」

「Zubaru 文庫的短篇小說實在寫不出來，眼看就要來不及了，我要到他們公司寫，可能要到後天晚上才能回來。」

里美沉默了一下，似乎在思考什麼似的，停頓了一下才面無表情地說：「是嗎？我看你出去散步，還以為你的工作已經做完了。」

「其實沒有，不僅沒有，連一個字都寫不出來。可是我卻跑去做瑜伽，和佛萊迪玩，真是的，連我自己都受不了自己。」

康夫猛抓頭，痛苦地抱怨。看他那個樣子，里美臉上掠過一絲笑意，一副想笑卻強忍住的樣子。

「……是嗎？真是辛苦你了，雖然也想幫忙，可是你的工作是作家……」

「哪裡，平時妳就幫我很多了，做的菜也很好吃，我很感謝。」

「真的？聽你這麼說，真教人高興。」

「真的，我總是心懷感謝。」

看康夫說得這麼認真，里美就像聽孩子說話的母親般，慈祥地笑了。

「老公，別太勉強自己哦！夜裡會冷，小心別感冒了。」

里美從壁櫥裡取出自己的蓋膝毯，放進紙袋裡遞給康夫。

「謝謝。」康夫道謝。

計程車到家門口了，他抱著行李，匆匆忙忙地衝出大門，網球鞋連穿都沒穿好，就這麼踩著鞋跟連滾帶爬般上了車。里美走出來送他。

「到神田神保町。」康夫把目的地告訴計程車司機。隔著車窗看里美，她雙手環胸，一副忍著笑的表情。康夫一心只想著接下來的難關，腦筋還轉不過來，但是，妻子看來心情不錯。

計程車發動了，他從後窗看著妻子。路燈下，里美揮著手，露齒而笑。

站在那裡的，是自從新婚起就不曾改變的、等候自己回家的妻子的身影。

國家圖書館出版品預行編目資料

家日和 / 奧田英朗著；劉姿君譯. -- 初版. -- 臺北市：皇冠, 2010. 3[民99]. 面;公分. --(皇冠叢書；第3951種) (大賞；031)
譯自：いえびより
ISBN 978-957-33-2641-0 (平裝)

861.57 99002671



皇冠叢書第3951種
大賞｜031

# 家日和
## いえびより



● 皇冠讀樂網：www.crown.com.tw
● 皇冠Facebook：www.facebook.com/crownbook
● 皇冠Plurk：www.plurk.com/crownbook
● 小王子的編輯夢：crownbook.pixnet.net/blog

作　　者—奧田英朗
譯　　者—劉姿君
發 行 人—平雲
出版發行—皇冠文化出版有限公司
台北市敦化北路120巷50號
電話◎02-27168888
郵撥帳號◎15261516號
皇冠出版社(香港)有限公司
香港上環文咸東街50號寶恒商業中心
23樓2301-3室
電話◎2529-1778　傳真◎2527-0904
出版統籌—盧春旭
責任編輯—丁慧瑋
外文編輯—許秀英
版權負責—莊靜君
美術設計—黃惠蘋
行銷企劃—李嘉琪
印　　務—林佳燕
校　　對—余素維・陳秀雲・丁慧瑋
著作完成日期—2007年
初版一刷日期—2010年3月

法律顧問—王惠光律師

如有破損或裝訂錯誤，請寄回本社更換
讀者服務傳真專線◎02-27150507
電腦編號◎506031
ISBN◎978-957-33-2641-0
Printed in Taiwan
本書定價◎新台幣260元/港幣87元